世間奇事無多，常事為多，物理易盡，人情難盡

打開傳說中的書
About ClassicsNow.net

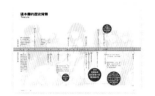

關鍵時間、人物、地點,在
書前有簡明要點。

「1.0」:以跨越文字、繪畫、
攝影、圖表的多元角度,破
解經典的神秘符號。

「2.0」:以圖像來重現原典,
或者重新做創作性的詮釋。

　　大約一百年前,甘地在非洲當律師。有天,他要搭長途火
車,朋友在月台上送了他一本書。火車抵站的時候,他讀完
了那本書,知道自己的未來從此不同。因為,「我決心根據
這本書的理念,改變我的人生。」

　　日後,甘地被稱為印度聖雄的一些基本理念與信仰,都可
溯源到這本書*。

　　◎

　　閱讀,可以有許多收穫與快樂。

　　其中最神奇的是,如果我們有幸遇上一本充滿魔力的書,
就會跨進一個自己原先無從遭遇的世界,見識到超出想像之
外的天地與人物。於是,我們對人生、對未來的認知與準
備,截然改觀。

　　◎

　　充滿這種魔力的書很多。流傳久遠的,就有了「經典」的
稱呼。

　　稱之為「經典」,原是讚嘆與敬意。偏偏,敬意也容易轉
變為敬畏。因此,不論中外,提到「經典」會敬而遠之,是
人性之常。

　　還不只如此。這些魔力之書的內容,包括其時間與空間的
背景、作者與相關人物的關係、遣詞用字的意涵,隨著物換
星移,也可能會越來越神秘,難以為後人所理解。

　　於是,「經典」很容易就成為「傳說中的書」──人人久
聞其名,卻沒有機會也不知如何打開的書。

我們讓傳說中的書隨風而逝，作者固然遺憾，損失的還是我們。

每一部經典，都是作者夢想之作的實現；每一部經典，都可以召喚起讀者內心的另一個夢想。

讓經典塵封，其實是在封閉我們自己的世界和天地。

◎

何不換個方法面對經典？何不讓經典還原其魔力之書的本來面目？

這就是我們的想法。

因此，我們先請一個人，就他的角度，介紹他看到這部經典的魔力何在。

「3.0」：經典原著中，最關鍵與最核心的篇章選讀。

再來，我們以跨越文字、繪畫、攝影、圖表的多元角度，來打開困鎖住魔力之書的種種神秘符號。

然後，為了使現代讀者不會在時間和心力上感受到太大壓力，我們挑選經典原著最核心、最關鍵的篇章，希望讀者直接面對魔力之書的原始精髓。此外，還有一個網站，提供相關內容的整合、影音資料、延伸閱讀，以及讀者互動的可能。

因為這是從多元角度來體驗經典，所以我們稱之為《經典3.0》。

◎

最後，我們邀請的就是讀者，您了。

您要做的唯一的事情，就是對這些魔力之書的光環不要感到壓力，而是好奇。

您會發現：打開傳說中的書，原來就是打開自己的夢想與未來。

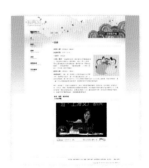

ClassicsNow.net網站，提供相關影音資料及延伸閱讀，以及讀者的互動。

*那本書是英國作家與思想家羅斯金（John Ruskin）寫的《給未來者言》（*Unto This Last*）。

經典3.0
ClassicsNow.net

明朝的生活美學

閒情偶寄
Journal of Leisure Time

李漁 原著

漢寶德 導讀

游峻軒 2.0繪圖

他們這麼說這本書
What They Say

插畫：陳柏龍、黃正淳

中國人生活藝術的指南

林語堂

📅 1895～1976

💬 中國文學家林語堂在《吾國與吾民》一書中，談到生活藝術方面時，提到《閒情偶寄》這本書：「十七世紀李笠翁的著作中，有一重要部分，專事談論人生的娛樂方法，叫做《閒情偶寄》，這是中國人生活藝術的指南。」

童寯

📅 1900～1993

💬 現代園林藝術家童寯在《江南園林志》中說道：「造園一事，見於他書者，如《癸辛雜識》、《笠翁偶集》、《浮生六記》、《履園叢話》等，類皆斷錦孤雲，不成系統。且除李笠翁為真通其技之人，率皆嗜好使然，發為議論，非本自身之經驗。」他認為清代談論園林理論的李漁，才是真的懂得造園之人。

李笠翁為真通其技之人

李漁提出的一些造園原則至今仍很有啟發意義

汪菊淵

📅 1913～1996

💬 花卉園藝、園林學專家汪菊淵在《我國古代著名園林匠師李漁和閒情偶寄》中指出：「李漁有豐富的造園實踐經驗，又有高度的詩畫藝術修養，他提出的一些造園原則，至今仍很有啟發意義。」

張愛玲

 1920～1995

💬 作家張愛玲在她的散文《論寫作》中寫：「李笠翁在《閒情偶寄》裏說『場中作文，有倒騙主司入彀之法。開卷之初，當有奇句奪目，使之一見而驚，不敢棄去，此一法也。終篇之際，當以媚語攝魂，使之執卷流連，若難遽別，此一法也。』又要驚人，眩人，又要哄人，媚人，穩住了人，似乎是近於妾婦之道。由這一點出發，我們可以討論討論作者與讀者的關係」。說明了李漁不管是寫文章，還是對建築設計的要求，皆以創新立異貫徹始終。

要驚人，
眩人，
又要哄人，
媚人，
穩住了人

漢寶德

 1934～

💬 這本書的導讀者漢寶德，為知名建築師和建築學者。他認為：「《閒情偶寄》這本書的內容非常廣泛，包括一個傳統文人生活的多個層面，除了戲曲有些專業之外，其他都與生活的情趣與美感有關，可以概稱為生活美學。今天是講究生活美學的時代，所以對現代的知識分子生活的經營有很高的參考價值。」

在今天講究
生活美學的時代
對於現代生活的
經營有很高的
參考價值

你

 ？

💬 在二十一世紀此刻的你，讀了這本書又有什麼話要說呢？請到ClassicsNow.net上發表你的讀後感想，並參考我們的「夢想實現」計畫。

你要說些什麼？

和作者相關的一些人
Related People

插畫：陳柏龍、黃正淳

📅 1610 ～ 1680

💬 號笠翁，明末清初文學家、戲曲家。李漁自幼聰穎，擅長古文詞，後移家金陵，修築居所「芥子園」，在此開設書鋪，編刻圖籍，又自組戲曲家班，四處巡演。著有戲曲《笠翁十種曲》、小說《無聲戲》、《十二樓》、《合錦回文傳》、《肉蒲團》等。李漁的雜作《閒情偶寄》不僅是中國戲曲批評史上重要的著作之一，其中並有許多對飲食起居等生活美學的描述，可說是中國人生活藝術的指南。

李漁

喬姬

📅 1653 ～ 1672

💬 小名雪兒，富有歌唱天分，十三歲時由平陽太守買下贈予五十六歲的李漁，深受寵愛。某次宴會裏，伶工演奏了李漁新編的劇本《凰求鳳》，引發了喬姬學戲的興趣，開始摸索練唱。後來李漁請一位蘇州老伶工專門教喬姬唱戲，從此喬姬成為李漁家班的當家花旦。可惜十九歲時因病去世，悲痛萬分的李漁寫了二十首《斷腸詩》悼念她。

📅 1654 ～ 1673

💬 李漁得到喬姬的隔年，途經甘肅蘭州，得貴人贈予年僅十三歲的王姬。王姬聰明伶俐，在李漁和喬姬的調教下學唱戲，在家班中扮演生角。然而在喬姬死後隔年，王姬也病故，李漁悲傷不已，為她作《後斷腸詩》十首，並為喬、王二姬寫了一篇《喬復生王再來二姬合傳》。二姬死後，李漁的家班就此解散。

王姬

蒲松齡

📅 1640 ～ 1715

💬 《聊齋志異》作者蒲松齡寓居江蘇寶應時，在知縣孫蕙處當幕僚，康熙十年春，孫家有喜慶，蒲松齡邀請李漁帶家班至寶應為孫蕙演戲。當時蒲松齡三十一歲，李漁六十歲，兩人相見，甚是投合，蒲松齡還抄寫了李漁所作的《南鄉子·寄書》一詞相贈。

📅 1617 ～ 1696

💬 字澹心，明末清初文學家，著有《板橋雜記》、《余子說史》等書。余懷長期寓居金陵，與李漁相交甚密，兩人時常一起觀賞戲曲，互相切磋。當時一些守舊人士批評李漁的《閒情偶寄》非經國大業之作，余懷特別為此書作序，解釋李漁的寫作是本乎人情，並表達自己的讚美與欣賞。

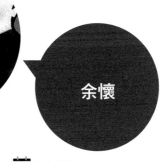

余懷

📅 生卒不詳

💬 字因伯，李漁的女婿，娶其女淑昭，並協助打理芥子園書鋪。沈心友編有《芥子園畫傳》，以其家傳的畫冊為基本，聘請著名畫家增補，刊刻流傳，供人自學繪畫。《芥子園畫傳》共分四冊，詳細介紹了山水、梅蘭竹菊、花鳥蟲草繪畫的技法，被譽為中國畫臨摹範本。

沈心友

這本書的歷史背景
Timeline

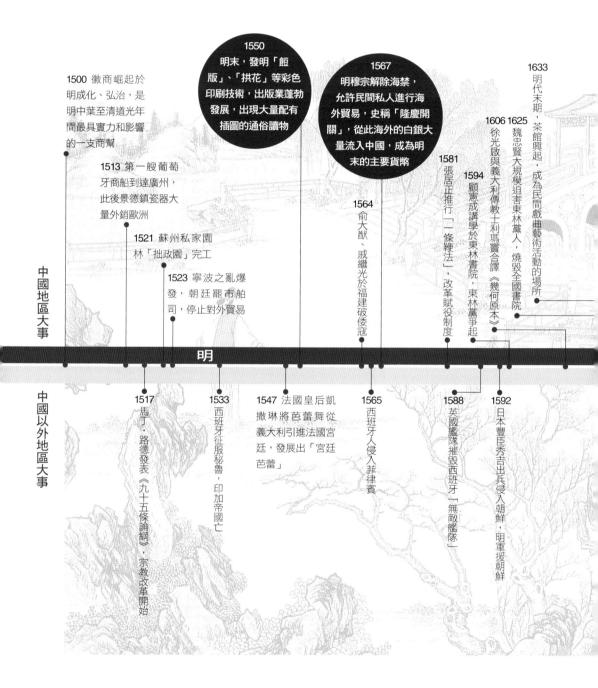

中國地區大事

1500 徽商崛起於明成化、弘治，是明中葉至清道光年間最具實力和影響的一支商幫

1513 第一艘葡萄牙商船到達廣州，此後景德鎮瓷器大量外銷歐洲

1521 蘇州私家園林「拙政園」完工

1523 寧波之亂爆發，朝廷罷市舶司，停止對外貿易

1550 明末，發明「餖版」、「拱花」等彩色印刷技術，出版業蓬勃發展，出現大量配有插圖的通俗讀物

1564 俞大猷、戚繼光於福建破倭寇

1567 明穆宗解除海禁，允許民間私人進行海外貿易，史稱「隆慶開關」，從此海外的白銀大量流入中國，成為明末的主要貨幣

1581 張居正推行「一條鞭法」，改革賦役制度

1594 顧憲成講學於東林書院，東林黨爭起

1606 徐光啟與義大利傳教士利瑪竇合譯《幾何原本》

1625 魏忠賢大規模迫害東林黨人，燒毀全國書院

1633 明代末期，茶館興起，成為民間戲曲藝術活動的場所

中國以外地區大事

1517 馬丁·路德發表《九十五條論綱》，宗教改革開始

1533 西班牙征服秘魯，印加帝國亡

1547 法國皇后凱撒琳將芭蕾舞從義大利引進法國宮廷，發展出「宮廷芭蕾」

1565 西班牙人侵入菲律賓

1588 英國艦隊摧毀西班牙「無敵艦隊」

1592 日本豐臣秀吉出兵侵入朝鮮，明軍援朝鮮

明

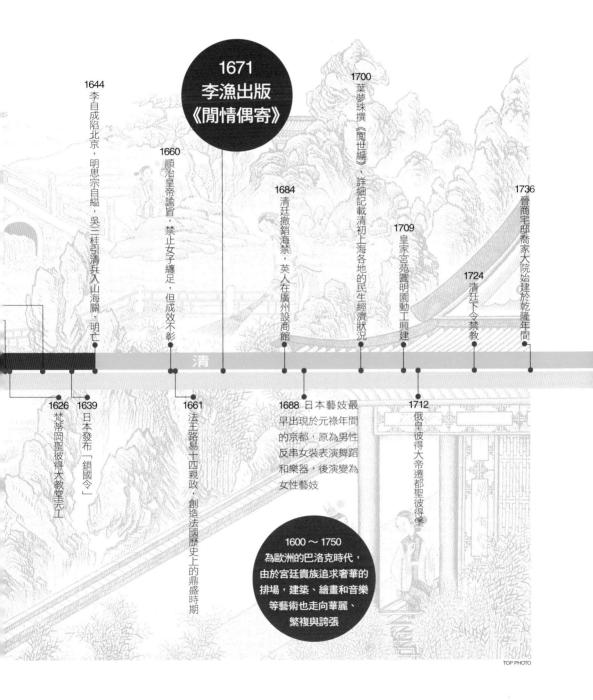

1644
李自成陷北京，明思宗自縊，吳三桂引清兵入山海關，明亡

1671
李漁出版
《閒情偶寄》

1660
順治皇帝諭旨，禁止女子纏足，但成效不彰

1700
葉夢珠撰《閱世編》，詳細記載清初上海各地的民生經濟狀況

1684
清廷撤銷海禁，英人在廣州設商館

1709
皇家宮苑圓明園動工興建

1736
晉商宅邸喬家大院始建於乾隆年間

1724
清廷下令禁教

清

1626
梵蒂岡聖彼得大教堂完工

1639
日本發布「鎖國令」

1661
法王路易十四親政，創造法國歷史上的鼎盛時期

1688 日本藝妓最早出現於元祿年間的京都，原為男性反串女裝表演舞蹈和樂器，後演變為女性藝妓

1712
俄皇彼得大帝遷都聖彼得堡

1600～1750
為歐洲的巴洛克時代，由於宮廷貴族追求奢華的排場，建築、繪畫和音樂等藝術也走向華麗、繁複與誇張

TOP PHOTO

這位作者的事情
About the Author

作者的事情

1610 明萬曆三十八年，李漁出生於浙江蘭溪縣夏李村，父親李如松行醫賣藥維生，幼年隨父親於江蘇如皋生活

1626 隨母回蘭溪

1627 十八歲時，娶徐氏為妻

1629 崇禎二年，父親過世，回到家鄉居住

1635 前往金華參加童子試，成績優異，受到主考官的賞識，稱許為「五經童子」

1639 往省城參加鄉試落第

1642 再次前往省城參加鄉試，因路途動亂而折回，同年母親去世，從此不再赴考

1646 順治三年，清兵攻占金華，李漁歸隱家鄉，在伊山建造私家園林「伊山別業」，過著隱居山林的生活

明

當時其他人的事情

1616 湯顯祖卒，作有戲曲《牡丹亭》、《紫釵記》、《邯鄲記》、《南柯記》

1627 馮夢龍短篇小說集《三言》刊行

1636 法國劇作家高乃依的悲劇《熙德》在巴黎公演

1644 戲曲家李玉於明亡前作《一笠庵四種曲》

1645 京都桂離宮建造完成，為日本建築及庭園的傑作

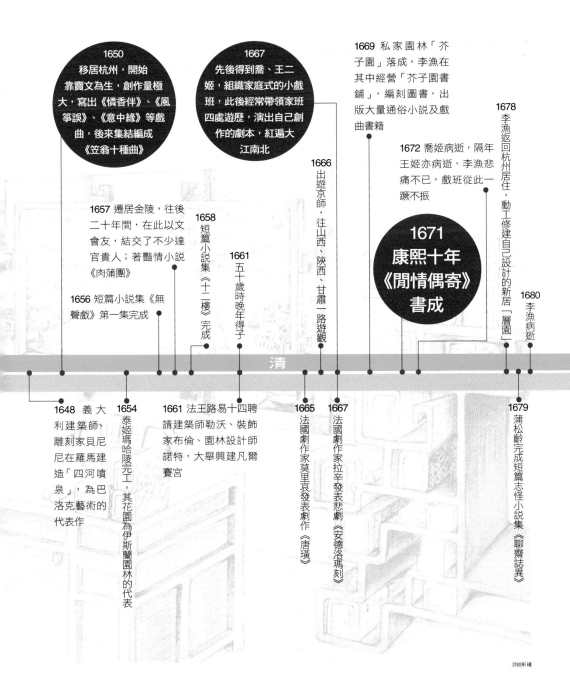

1650 移居杭州，開始靠賣文為生，創作量極大，寫出《憐香伴》、《風箏誤》、《意中緣》等戲曲，後來集結編成《笠翁十種曲》

1667 先後得到喬、王二姬，組織家庭式的小戲班，此後經常帶領家班四處遊歷，演出自己創作的劇本，紅遍大江南北

1669 私家園林「芥子園」落成，李漁在其中經營「芥子園書鋪」，編刻圖書，出版大量通俗小說及戲曲書籍

1657 遷居金陵，往後二十年間，在此以文會友，結交了不少達官貴人；著豔情小說《肉蒲團》

1666 出遊京師，往山西、陝西、甘肅一路遊觀

1672 喬姬病逝，隔年王姬亦病逝，李漁悲痛不已，戲班從此一蹶不振

1678 李漁返回杭州居住，動工修建自己設計的新居「層園」

1658 短篇小說集《十二樓》完成

1656 短篇小說集《無聲戲》第一集完成

1661 五十歲時晚年得子

1671 康熙十年《閒情偶寄》書成

1680 李漁病逝

清

1648 義大利建築師、雕刻家貝尼尼在羅馬建造「四河噴泉」，為巴洛克藝術的代表作

1654 泰姬瑪哈陵完工，其花園為伊斯蘭園林的代表

1661 法王路易十四聘請建築師勒沃、裝飾家布倫、園林設計師諾特，大舉興建凡爾賽宮

1665 法國劇作家莫里哀發表劇作《唐璜》

1667 法國劇作家拉辛發表悲劇《安德洛瑪刻》

1679 蒲松齡完成短篇志怪小說集《聊齋誌異》

這本書要你去旅行的地方
Travel Guide

河北承德

● **避暑山莊**

中國四大名園之一，始建於清康熙年間。避暑山莊的宮殿區是皇帝處理朝政、舉行慶典和生活起居的地方；苑景區則按照自然地貌特徵設計，形成湖泊區、平原區和山岳區。

北京

dbaron攝影

● **頤和園**

中國四大名園之一，原名清漪園，始建於清乾隆年間，為帝王的行宮和花園，英法聯軍時曾被燒毀，慈禧太后重建。頤和園以萬壽山和昆明湖為主，彙集中國及各地特色造園藝術設計。

● **半畝園**

位於黃米胡同內，是李漁當年為他的幕主賈漢復中丞設計建造的，園中假山是李漁所掇，當時譽為京城之冠。如今僅存遺跡。

浙江金華

TOP PHOTO

● **芥子園**

原為李漁在南京所築的別業，占地雖小，卻能盡收丘壑山水之美，李漁曾在此經營戲班、刻印書籍，可惜已毀於戰火。現今的浙江芥子園是為了紀念李漁，沿用原名而建。

浙江蘭溪

● **伊園**

或稱伊山別業，位於李漁的故鄉夏李村。伊園是李漁整修的第一座園林，他曾作過《伊山別業成，寄同社五首詩》、《伊園十便詩》等作品。

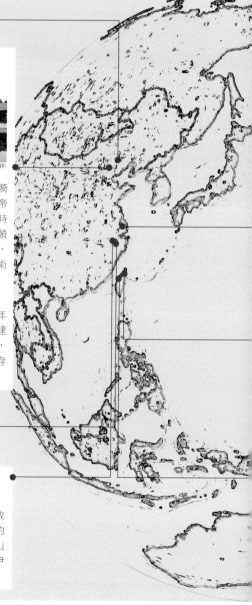

蘇州

Gisling/攝影

foxmachia/攝影

pavement-hopscotch/攝影

● 留園

中國四大名園之一，清嘉慶時劉恕所建，以造型優美的湖石峰十二座而著稱。園中奇石遍布，建築變化多樣，加上亭台古木等，布置精巧秀麗。

● 拙政園

中國四大名園之一，為明代御史王獻臣棄官回鄉後所建，曾請著名畫家文徵明為其設計藍圖。園中布局以水池為中心，建築大都臨水而建。

● 獅子林

蘇州四大名園之一，為元末名僧天如禪師維則的弟子所建造，其中的園林是由元代著名畫家、造園家倪瓚所設計。因園內有許多怪石，狀似獅子，故名。

● 滄浪亭

蘇州四大名園之一，現存蘇州最古的園林，北宋年間詩人蘇舜欽所建。滄浪亭具有宋代造園風格，古樸簡潔，景色自然，是寫意山水園的範例。

台北

TOP PHOTO

台中

● 霧峰林宅

清代台灣仕族林獻堂的家族宅院，始建於同治年間。分成頂厝、下厝和萊園三大部分，為台灣規模最大的傳統宅第與園林。九二一大地震時倒塌，目前重建中。

● 板橋林家花園

原名林本源園邸，建於光緒初年，是台灣僅存最完整的園林建築。庭園為江南園林格局，主建築「三落大厝」則承襲閩南風格，以紅磚為主要建材。

目錄 明朝的生活美學 閒情偶寄
Contents

封面繪圖：陳柏龍、黃正淳

要怎麼樣去遊戲人間，尋求生活中的情趣，對他們來說是非常重大的一件事情。另外一個重點，就是快意人生。這一生中要過得愉快，活得痛快，所尋求的是感官的滿足。這樣的人生觀和現代人的觀點很接近，其中一個特色就是什麼東西都求新求變。

吾貧賤一生，播遷流離，不一其處，雖債而食，賃而居，總未嘗稍污其座。性嗜花竹，而購之無資，則必令妻孥忍餓數日，或耐寒一冬，省口體之奉，以娛耳目。人則笑之，而我怡然自得也。性又不喜雷同，好為矯異，常謂人之葺居治宅，與讀書作文同一致也。譬如治舉業者，高則自出手眼，創為新異之篇；其極卑者，亦將讀熟之文移頭換尾，損益字句而後出之，從未有抄寫全篇，而自名善用者也。乃至興造一事，則必肖人之堂以為堂，窺人之戶以立戶，稍有不合，不以為得，而反以為恥。

1.0

導讀

漢寶德

知名建築師和建築學者，現任世界宗教博物館榮譽館長、台北市文化資產審議委員，
著有《收藏的雅趣》、《建築的精神向度》、《漢寶德談藝術》、《漢寶德談美》等。

要看導讀者的演講，請到ClassicsNow.net

《閒情偶寄》成書於康熙十年，當時李漁六十歲，已經完成不少戲曲與小說作品，加上他南北遊歷的見聞，以及自組家庭戲班等，親自實踐戲曲的心得，綜合於此書。內容包括詞曲、演習、聲容、居室、器玩、飲饌、種植、頤養等八個部分，大體可以分成兩個部分來理解，一是李漁對戲曲的理論建構，另一是他對生活品質的要求與鑑賞。

在李漁心中，戲曲的創作就是為了要登台演出，並不是紙上文章。他的理想戲曲是從戲劇整體結構下手，將音樂、唱詞、劇情與演員之間嚴密結合，設計出符合角色身分所唱的詞和科白，讓觀眾感受劇情的緊湊與張力。除了戲劇，李漁對於能讓生活舒適清雅的物質也相當講究，包括住屋設計、植物欣賞、飲食品味以及養生之術，都是他關注的議題。

研究《閒情偶寄》的專家大都是戲劇的學者，因為這本書在學術上的主要內容是詞曲跟它的表演。但我是從另外一個角度來看這本書。多年前我在哈佛燕京圖書館看書，自然先找與建築有關的古書，就覺得中國知識分子自古以來幾乎沒有人談到建築；而且認定以著有《營造法式》的李誡等典型建築學者好像就只是蓋房子的。難道中國知識分子只把建築完全當成匠人之事嗎？所以在偶然的機會裏，看到有一篇文章提到《閒情偶寄》討論有關建築與生活的問題，我便開始注意這段生動活潑的歷史。

我發現，確實有一段時間文人思想是很活潑的，那就是在明清之交。中國古代為什麼沒有人對建築發生興趣呢？世上沒有一個文化對建築的文明忽視到這個程度。主要的原因，是中國知識分子的觀念問題。知識分子——主要就是統治階級——利用傳統文化來建立社會秩序，作為統治廣大民眾的一個工具，所以過去的文人讀聖賢書很樂於被當權者所驅使。他們幾乎生來的使命就在做這件事情，說得好聽是治國平天下，但老實說，輪得到他們治國平天下嗎？可是每一個有使命感的知識分子都認為自己要努力做點事情，那就是做

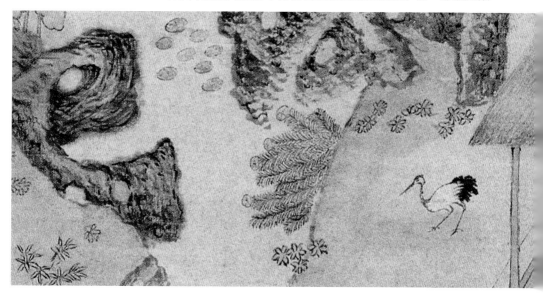

官以便為國為民服務，到今天還是這樣。

美其實不是美

　　過去的讀書人，真的有點可憐。在理想不可能實現的情況下，他們的精神生活怎麼辦呢？所以他們幾乎一致以陶淵明為崇敬的楷模，因為他不為五斗米折腰，主動棄官不做了，下鄉種田去，而且認為做官是很糟糕的事情。這是一個很重要的精神出路，被後世視為高風亮節。從這個觀點結合道家的觀念，然後多少加上一點出世的思想，去欣賞自然風景中的山水之美，創造出中國人獨特的一套藝術來。中國山水詩與山水畫都是在這種心靈狀態下產生的。這其實不是我們傳統讀書人主要的理想，而是一種心理的補償，因為讀書人沒有幾個人可以真正發揮自己所長，多半終其一生「懷才不遇」。

　　中國古代詩人事實上只寫了一首詩，無論誰作的詩，無論詩的好壞，意思都差不多。大意是這樣：山光水色非常動人，自然美不勝收，可是國家事一團糟，我卻幫不上忙。每一首詩都是懷才不遇的感嘆。像這樣的知識分子，要他們去關心建築是不太可能的，因為建築對於他們是太小的一件事

TOP PHOTO

（上圖）日本 池大雅《十便貼》之吟詩圖。《十便貼》為日本畫家池大雅依據李漁《伊園十便》詩內容所繪，李漁有《伊園十便》、《伊園十二宜》詩，描繪結廬山麓幽居的生活。

（下圖）明 卞文瑜《一梧軒圖》（局部）。
明清兩代是士紳富豪興建園林的興盛期，亦產生不少園林繪畫。畫中草堂建於水邊，外有梧桐一棵，周邊群山環繞，正是明代園林的布局，也有文人寄託於山水之意。

北京故宮博物院 藏

北京故宮博物院 藏

（上圖）明 陳洪綬《升庵簪花圖》。

畫中描繪明代文人楊慎（號升庵）流放雲南時，與女子一同簪花踏歌的生活。明代晚期政治動盪，文人不受重視，由此可見明代文人以放達來緩解生活的苦悶。

（右圖）明 杜堇《梅下撫琴圖》。

此圖繪文人在梅樹下撫琴的情景。明代文士以詩文音樂排遣生活，畫中文士撫琴時遠眺前方，似乎正抒發自己的心情。

情，是匠人之事。

我們的民族是很不重視美感的，因為美感無關於國家大事。聖賢之道不談美，要是看到古書上面有「美」字，絕對不要以為那是美的意思，那其實是「好」。古書上面的美字全部改成「好」，或是改成「善」，都通。我們這個民族不在乎美，所以我們沒有美學。我們認為最重要的是德行，而德行中要以倫理為骨幹。倫理是什麼意思？是這個社會井然有序的人際關係與維持這種秩序的行為，這才是我們文人首要的工作。中國的傳統文人和生活美學的關係，其實是非常遙遠的。通常他們做不了官只好回到家裏來，然後再想到怎麼排遣歲月。但是排遣方法的第一件選擇先是詩文，詩文可以發牢騷，可以留下來給後世的人頌讚，然後替他打抱不平。而詩文之外，才是生活的情趣，談到情趣就是枝微末節，人生談到那裏已經絕望，基本上只是為了打發時間而已。

一個苦悶的年代

所以什麼叫做「閒情」？其實聽「閒情」這兩個字意思就知道了。作者寫這本書的時候，根本就不把他想的這些事情當作正事，或最重要的事。他寫這本書不太好意思，所以告訴你：抱歉，這是我的閒情啦，不是什麼真正的人生大事。為什麼在明清之交的時候突然出現這麼一個著作呢？其實《閒情偶寄》只是當時其中的一本書而已。明朝中葉以後，有好幾位重要的作者寫過類似的書，像文震亨寫了一本《長物志》，可以說是談生活談得最多的，還有計成的《園冶》等，這些都是那個時代的人抱著同樣心情的著作。那個時代的特別之處在哪裏呢？其實整體說起來，是和當時的政治經濟社會背景改變有關。

明朝知識分子心情的苦悶特別加劇，比宋代以前嚴重得多，宋代的皇帝對於讀書人大概還有某種尊重。可是到了明朝，皇帝看不起文人，尤其到中期以後，每一個都是昏君，

明宮畫示徐泰第葉為如
　　　　　寶月林室

《長物志》 主要介紹各種明代品賞文化的建築與器物，共分為十二卷，記載屋舍的架構、花草樹木、蟲魚鳥獸、文房四寶、香爐茶盞等物品，每一卷都有許多細項子目。「長物」即多餘之物，為何以此為名，後人多從該書作者及其時代進行解釋。作者文震亨出身於文化世家，曾祖為文徵明。文震亨在藝術方面的造詣紹述先人，只不過他身處明末亂世，仕途並不順遂。因此，他身處世局不能撥亂反正，只能淡看身邊諸物，聊慰己懷。另一方面也表明書中所載的並非一般人認識的生活之物，與柴米油鹽醬醋茶一點關係也沒有，表現的是自己對生活的品賞與見解。文震亨批評了時下流行的樣式，反映了他對於賞玩的審美標準：古、雅、真、宜。閱讀《長物志》不只可以了解到當時園林中的各種器物名稱、形制，更可以看出一個文人對藝術品賞的內化精神以及藏於亂世的人格寄託。

TOP PHOTO

17

長江下游三角洲的開發 源自宋代，至明代中期大規模的農業開發大抵結束。從前官營手工業的經營形式也開始轉向民間私人經營，江南的蘇州、松江的手工業有相當繁榮的發展。隨著經濟產業與經營形態的轉變，專業市鎮逐漸興起，城市生活也越來越豐富。許多奢侈品也不再是少數人的專利，逐漸變成生活的必要之物。在這樣的社會轉變中，人們價值觀由儉樸轉向奢侈。社會上原先不被重視的商人階層，開始受到注意。商人為了表現自己的財富，修建寬廣的住宅與庭院，穿著豪華的衣料；為了表現文化水準，開始經營字畫、古董等風雅之物，社會上開始出現所謂的「流行」。只不過人們追趕流行時，經常沒有考慮到合適性，往往使奢侈品高貴性消失無蹤。因為如此，像李漁、文震亨這樣的文人才會強調物品雅與俗的差別，並且發展出一套賞玩的方法與價值，與逐漸俗不可耐的流行區隔開來。

動不動就責罰這些讀書人，不滿意就拿棍子打，連基本的尊重都沒有。所以我們可以想像這個時代，讀書人的心情真是苦不堪言。他們還是想治國平天下，還是想努力考試做官，可是誰都不知道自己會有什麼遭遇。所謂「伴君如伴虎」，特別是明朝末年宦官當道，隨便一個太監就可以顛覆朝政、欺壓官員，你的意見皇帝根本不放在眼裏。當時還有掌管東廠的太監，他們就像現代的秘密警察那般可怕。在那種政治情況下，一些真正有腦筋的讀書人說不定就萌生放棄為國家做事的念頭。

在過去讀書人要是放棄做官這個念頭也沒有用，因為他們沒有第二條路可以走。可是在這時候有一個很重要的情況出現了，那就是江南地區這個魚米之鄉的經濟快速發展。南宋時江南的經濟就開始發達，到了明朝，便成為國家主要的稅收來源。許多人開始經商，賺很多錢，於是便變成一個非常富庶的地區。這是一個很重大的轉變，因為過去中國是農業社會，人們主要靠種田維生。但現在不一樣了，賺錢的人不一定是地主，而是從事工商業的人，文人原本不放在眼裏的生意人變成了有錢人。這個現象反映的是什麼呢？那就是社會開始多元化，讀書人的知能所因應與服務的對象不一定是政府了，也不一定是皇帝了，而也可以是這些有錢的商人。這些富商雖然是暴發戶，可是因為傳統上尊重讀書人，所以他現在雖然有錢，還是自覺不如這些窮書生，因此對他們有一種尊重。江南的讀書人開始覺得這種新的經濟來源是比較愉快的，生活也可以因而改善，各方面都有很多選擇。這個經濟來源對文人們產生了刺激，他的詩文書畫開始值錢。過去的詩文都光是發牢騷，現在的詩文可以換錢了，有些商人願意買他們的作品來提高自己的社會地位。在過去，書畫都是用來送禮，或者自己在家裏做消遣之用，現在社會上出現了一批人開始喜歡藝術，你說他附庸風雅也好、說他品味提升也好，總之一個新興的中產階級產生出來了。藝術品開始

有市場，促使很多藝術家以創作為生，讀書人開始轉變成藝術家的角色。這是一個很新的出路，整個社會環境已經準備起來，文人可以思考新的生活方式。

　　還有一點，就是江南的環境。過去的文化重心一直在北方。北方大致都是平原，當你要到山林去的時候，就要到華山泰山這種地方，而北方的名山秀麗不足峻峭有餘，只是一些大石頭而已。可是江南不一樣；江南是丘陵地帶，有山

（上圖）《明憲宗消閒調禽圖》。畫中太監手捧鳥籠，而明憲宗正賞玩籠中小鳥，展現明清士人的娛樂之一。

19

李漁愛好戲劇　同時亦是一個創作者。在那個時代裏，許多權貴人士都擁有自己的戲班，李漁也很想擁有一個由自己調教的戲班。康熙五年，李漁已經創作了不少戲曲作品後，出遊秦晉的路上，因緣際會得到喬姬。喬姬相當聰慧，雖然從未聽過崑曲，但往往聽後就知道戲曲中所要表達的情感。據說一曲只需要教唱三遍，就能自己演唱。隔年又在旅程中得到王姬，和喬姬一樣對戲曲領悟甚強。由喬、王二姬為主角，其餘諸妾分飾各角，於是李漁的家班就此粉墨登場。李漁家班主要演出的內容是他自己的作品，以及改編的作品。由於劇本、演員都相當有水準，因此演出相當頻繁，且往往通宵達旦地演出。除了以戲會友外，還有許多商業性質演出，因此給李漁帶來豐厚的收入。只可惜，喬王二姬雖有戲劇的天賦，卻抵不過演出的操勞，康熙十、十一年兩人分別過世，李漁的戲班在失去台柱的情況下，從此成為絕響。

水之盛，這樣的環境，如果說不想到京城去爭取名利那麼痛苦，退回到鄉間的時候，你可以悠遊其間過文雅的生活，享受山林之樂。這是一個新環境，這些環境條件優越，在明清之交，改變了江南讀書人的志趣。

王道本乎人情

　　這種志趣可以分成幾點去了解。第一點：「王道本乎人情」。這是《閒情偶寄》裏的一句話，這成為一個非常重要的理論基礎，因為這些讀書人到底還是念古書出身的，他們都需要有儒家經典背景，如果讓他們只是遊戲人間，他心裏還是非常不踏實，先得要找到一個理由，來把自己的行為合理化，那就是「王道本乎人情」。這是寫得很清楚的。我今天為什麼遊戲人間？因為這是人情之常，人情是王道的基礎。我們讀書人應該做的事情是推行王道，而我現在做的事情是出乎人情，因為「王道本乎人情」，有了這句話以後，就覺得對得起自己，對得起祖先，對得起聖賢，讀聖賢書也有著落了。這是可以說得通的理論基礎，可是實質上，大部分的讀書人，都是有錢的人，往往都是第一流的才子。從明朝開始，像唐伯虎這種人，還有比唐伯虎早一點的像文徵明，其實都是有錢也可以做官的人，可是在心理上很想遊戲

北京故宮博物院 藏

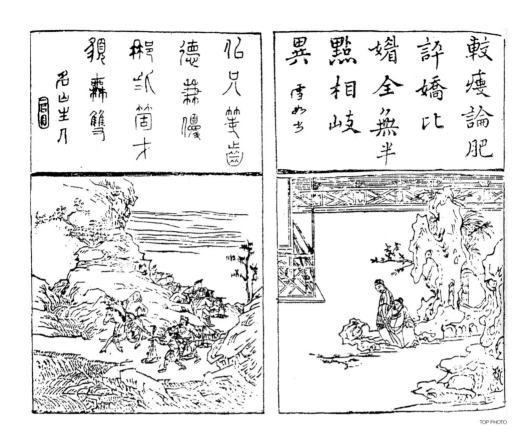

TOP PHOTO

人間，知道人世間真正的趣味所在，所以對於做官的態度，也許就是你給我官做，我就做做，不給我也無所謂。這是很重要的一個轉變。

所以，這些有錢的讀書人的心情就是要遊戲人間，甚至包括逛逛妓院之類的。江南一帶在明清以後，名妓很多也是由於這個原因，他們去逛妓院不是解決生理需要的問題，而是要找個才女，一個女孩子會應和詩文，還懂得欣賞繪畫，又是多愁善感的可人兒，才是真正的精神出路。所以要怎麼樣去遊戲人間，尋求生活中的情趣，對他們來說是非常重大的一件事情。另外一個重點，就是快意人生。這一生中要過得愉快，活得痛快，所尋求的是感官的滿足。這樣的人生觀和現代人的觀點很接近，其中一個特色就是什麼東西都求新求變。

（左圖）李漁《行書詩》扇面。李漁八歲能詩，是當時著名的才子，其著作《閒情偶寄》最精華的部分便是他對於填詞、作曲、表演的心得。
（上圖）李漁戲曲《奈何天》之插畫，出於《笠翁十種曲》。劇中描寫醜人闕里侯娶三妻，三人皆因不滿闕里侯的容貌而閃避。而後闕里侯為官，三妻俱出，爭奪封賞。

《閒情偶寄》的內容

《閒情偶寄》這本書共約十五、六萬字左右，它不像一般古書字字珠璣，它的文字很多，而且廢話很多。為什麼要講很多廢話呢？因為在講述過程中，他處處要解釋自己的立場。讀書人寫這種書，心理負擔其實很重，常常要為自己的說法找理由。作者李漁他是一個戲班子的主人，擁有一個劇團，可以到處跑，演戲給大家看。這時候的中產階級商人，開始有娛樂的需要，於是就出現了一個看戲的市場。李漁就是靠演戲來營生，到處演，而且要演好戲，所以《閒情偶寄》的前半主要是寫一些戲劇相關的東西。真正研究這本書的也多半都是戲曲專家，但是我讀的不是戲曲，而是看書裏戲曲部分的精神和美學觀。李漁曾經用很多種方式出版這本書，他也做過出版商，他的書出版過很多次，也被人家翻版。他在明朝的時候參加考試，想做官，

TOP PHOTO

（上圖）浙江蘭溪芥子園。芥子園是李漁於南京的居處，也是他親自建造的園林，並於園中設有書鋪。今浙江之芥子園為近代重建。

（右圖）明 仇英《人物故事圖冊・竹院品古》。

玩古（鑑賞古器）是文人雅好，圖中文士坐於竹椅上，專注鑑別古書古畫，一旁陳列有觚、爵、簋、卣、罍等器物，侍童有人扛著畫軸、有人捧盒、捧器，後則有仕女等待奉茶，展現古人賞玩書畫的閒情。

考了幾次考不上，結果就放棄了，回家過自己的日子，如果他考上了，今天我們就沒有這本好書可看了！很多人認為《閒情偶寄》是中國歷史上有關藝術與美學方面很重要的著作，從中可以看到那個時代的精神面貌。這本書又叫《笠翁一家言》、《笠翁偶集》，我們可說李漁很懂得推銷術，每次出版都換上一個新的名字。

愜意的物質和精神生活

這本書大體說來可分兩大部分，第一大部分可稱之為養頤之福。告訴我們怎麼過幸福的日子。所謂養生，分析起來，

23

李漁一生追求「美」 當然也包括「美人」。在他的《閒情偶寄》的「聲容部」中，就曾把他見過的美人們，徹底分析一番，總結出「美女」的標準。他認為所謂天生麗質必須是皮膚白皙、眸子澄澈、眉彎似月。除了天生的形體美態，他更提出「媚」的價值，如果女性能夠表現出媚態，那麼可使其更為動人。只是這個「媚」的標準，連李漁自己也說只有心能知之，實在無法藉由言語形容。

儀態之外，他覺得化妝與穿著也可使女性的美麗更為加分。他認為真正好的化妝必須在「潔」的基礎上進行，而穿著不是求貴、求好，而是要符合自己的相貌，來表現光潔高雅。此外，在李漁心中最美麗的女子不單只有容貌，還需要有內在美，若能與琴棋書畫精通的女子相處，那實在是一種美的享受。李漁對女性美的評述，當時衛道人士不免以敗德之名譏評李漁，然而李漁不顧時論而自成一說，把當時審美的標準完整保留下來。

（左圖）墨為文房四寶之一，從西周時期便有人造墨的產生，尤其以徽州墨最為有名。圖中的「胡開文製墨」，為清代四大製墨家之一。

（右圖）明 唐寅《吹簫圖》。明代文人講求女子之美，李漁《閒情偶寄・聲容部》便強調女子該如何在容貌、儀態、聲音上做修飾打扮，以求美感呈現。

TOP PHOTO

可以再細分為兩部分。第一是生活起居的美學，共有居室、器玩、飲饌、種植等四章，是最重要的部分。其中關心的是怎麼吃，怎麼住，過物質與精神都很愜意的生活，蒔花植草向來是文人休閒生活的重要出路。第二是頤養天年，有頤養專章，關心的是我們如何照顧自己的身體，其中有行樂止憂，飲食色欲的調節，袪病療病之道。要過愉快的日子必須有健康的身體，這是養生的至理。其中有「行樂」一節，是給我們做一個讀書人，怎麼在儒家理念之內追求快樂，所以是與心理休養息息相關的。這一節的內容最不具體，教訓人的話最多，顯然是李漁所最重視的。

第二大部分是絲竹風流。同樣也可以再細分為兩部分。第一是美色，即「聲容」一章。沒有美女在座，心情是輕鬆不起來的。可是天生美女非寒士可得，就要考究如何使一般女子經妝扮得如同美女，再加以調教，使能歌善舞，則舉手投足都可成趣。「聲容」之內，包括選姿、修容、治服、習技四節。第二部分，可說是李漁的專業——填詞、作曲，加上表演，很詳盡的說明其要點，可說是結合藝文與表演藝術的著作，兼有評論與創作之道，但仍不忘世道人心。

綜合以上所簡述之內容，可知包羅萬象，要認真介紹非一人所能。我所能為讀者介紹的不過是我的專業所熟習的生活起居的部分。

感官美的昇華

「聲容」指的是女孩子怎麼樣漂亮，怎麼穿？怎麼打扮？怎麼走路？怎麼講話？因為有「聲容」這一章，所以後來有些批評家說，李漁是個好色的人，專門喜歡談女孩子。今天看來這也沒有什麼不好，現在女孩子花很多錢去整容，整容有什麼壞處呢？每

25

（上圖）明 胡正言《十竹齋箋
譜》插畫。此版本為民初時魯
迅與鄭振鐸主持仿刻的。胡正
言以製箋篆印為業，他的《十
竹齋箋譜》刻版精美，與《蘿
軒變古箋譜》、《北平箋譜》
合稱為「三大箋譜」。

（右圖）孫溫《紅樓夢》
五十七回《慧紫鵑情辭試寶
玉》插畫。《紅樓夢》五十七
回，寶玉前往黛玉所住的瀟湘
館探訪黛玉，正逢黛玉午睡，
不敢叨擾。大觀園中黛玉所住
的「瀟湘館」便是以竹命名。
「竹」在中國寓意為高節，因
此極受文人喜愛，李漁亦讚其
能讓俗舍成高士之廬。

個女孩子打扮得很漂亮給我們看，讓人看了很舒服，使人生
快活有什麼不好呢？所以「聲容」我看也是人情之常，可是
衛道之士就覺得不妥，讀書人怎麼能只談美色？

　　可是對李漁來說，這是很重要的。他談的養生是從藝術
的觀點著眼，所以應把它當作討論美學、討論藝術。他其實
是追求感官美的，這對他來說是一個很重要的肯定。追求感

官美，正是儒家思想中最不喜歡的東西。中國正統思想不談
美，就是怕涉及到感官美。中國歷史上王朝要覆亡的時候都
是有個漂亮女孩子出來，以美貌誘惑使統治者遠離治道，棄
國事不顧，是個禍水。因此古代儒家的觀念就不談美，即使
談到美，也重其典雅，遠離炫人耳目的美感。自明清之後，
這些文人把感官美規規矩矩拿出來談，這是很誠實的一個立

場，其實也沒什麼錯。一方面追求感官的美，另外一方面也要把聲色的美昇華到一個境界，昇華到藝術的境界，到達這一境界後，美就不是為了感官而美的，而是為了精神的滿足而美的，這是很重要的一步。李漁這樣講雖然在今天看來好像沒有什麼了不起，可是在傳統社會裏這種言論是不被允許的，認為這是不正經的想法、不是聖人之道。

《閒情偶寄》這本書有很多版本，有些版本的排列不同，我把它重新調整，先談我覺得有趣的部分，首先是生活起居的美學。

他談居住談得很細，談房子、窗子、窗欄、窗上的格子、牆壁、聯匾要怎麼做？山石是怎麼樣？都談得很具體，幾乎是設計師的口氣了。關於器玩，讓我覺得有點遺憾的是，他沒有對器物本身的美感有所表示，但是他講到制度、講到位置怎麼安排，這已經是不容易的了，他開始考慮到今天我們所謂構圖的配置。再來是怎麼吃？怎麼種植花草，每樣花草的特色是什麼？花的特質、怎麼欣賞，都談論得非常多。然後頤養部分，怎麼樣去找樂子？怎麼樣使自己不要發福？生了病要怎麼治病？怎麼樣減少生病的機會？男女之事應該怎麼做？這些生活裏有趣的點點滴滴，今天人們未必認同，也不需要把它全盤照收，可是當中他有一些非常高明的觀念，可以協助我們找到閒情之所在。行樂的部分談的是怎麼穿衣服？怎麼樣化妝？舉止動作要怎麼樣培養？就是怎麼調教出一個討人喜歡的女孩子。然後填詞部分是他的重頭戲，戲是怎麼演？在這本書不同的版本裏，他有時會把詞曲部和演習部獨立出來，單獨編成一個詞曲的專章，然後其餘的放在一起。

（右圖）宏村一景。明清建築以徽派建築最為有名，宏村即是徽派建築的代表。徽派建築以磚、木、石為材料，黛瓦、粉壁、馬頭牆為特色，並且強調高宅井深。

知性美學的三個原則

　　他的閒情有一個原則，基本上他要用人情來表達王道。第一個是不要儒家的倫理思想與中庸之道，要找到一條新路。如果每個事情還是要回復到中庸之道，那就沒有情趣可言，所以求新求變是很重要的原則，即今天所謂的創意生活，亦是他的美感觀念的重要原則。第二點是既要風雅，亦談莊論，莊論就是很認真、講理。實質上是情理兼備，在追求風雅生活時不忘的禮制，而禮制實際上是知性的基本。第三點是他認為非常重要、一再強調的觀念，就是要節儉。李漁認

TOP PHOTO

29

圖解四合院 張馨元 繪

四合院是中國傳統建築體的基本組合單元，為北方民居的主要形式，以北京四合院為代表。單幢房屋的體制多為長方形，而四合院的基本形式，是一單幢房屋放在由四面圍牆組成的內向院落。據考古出土資料，這種封閉式的建築形式最早見於商朝晚期，北京典型的四合院則始於十二世紀元大都時期。劉秉忠在規畫元大都時，按照了《周禮》的規制進行，即前朝、後市、左祖、右社的原則，街道有如棋盤整齊有序，產生了胡同與兩條胡同之間的住宅。

設計上，四合院是宗法制度的建築表現形式，符合了「前堂後寢」的禮制。四合院內的房子有正房、廂房、耳房、後罩房，適合家族中的尊卑長幼等級。普通百姓的家，一般不會有前院和後罩房；大戶人家則因應人口的需求，把幾座標準四合院縱向或橫向串聯成大型四合院。本圖繪的是三進落的四合院格局。

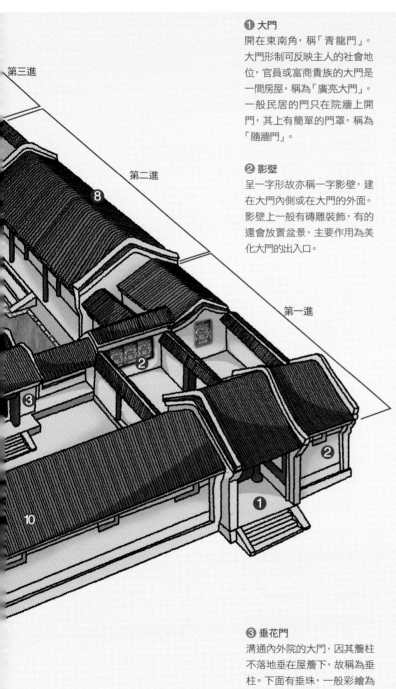

第三進

第二進

第一進

8

2

3

10

2

1

❶ 大門

開在東南角，稱「青龍門」。大門形制可反映主人的社會地位，官員或富商貴族的大門是一間房屋，稱為「廣亮大門」。一般民居的門只在院牆上開門，其上有簡單的門罩，稱為「隨牆門」。

❷ 影壁

呈一字形故亦稱一字影壁，建在大門內側或在大門的外面。影壁上一般有磚雕裝飾，有的還會放置盆景，主要作用為美化大門的出入口。

❸ 垂花門

溝通內外院的大門，因其簷柱不落地垂在屋簷下，故稱為垂柱。下面有垂珠，一般彩繪為花瓣的形式。

❹ 垂前院（外院）

❺ 內院

四合院的中心部分，是一家人活動的公共空間。正房、廂房的門窗都開向內院，房前簷廊和內院迴廊相連。中央為十字型用磚鋪成的通道，角落多栽種植物以美化環境。

❻ 正房（北房）

在內院正面坐北朝南為主人的起居。正中央為正廳，亦稱中堂，是公開的廳堂。正房多為三開間房屋帶耳房，通常正廳右邊為長輩居住，左邊為房子主人居住的房間。

❼ 耳房

正房兩側的房間，比正房較矮小，像是掛在正房的兩邊，故稱「耳房」。可作書房或客房等用途。

❽ 廂房

內院左右兩邊一般為家人及子孫所居住，也常是三開間式，長子住東廂、次子住西廂。有時候也會安排客人居住。其空間大小和裝修等都比正房稍遜。

❾ 後罩房

給還未出閣的女子或女僕居住的一排房子，位置比較隱秘。房間比廂房的面積為小。

❿ 倒座房

因門往北開故名之。最東為私塾，最西為廁所，對著垂花門的為客房，其他為男僕居室。

⓫ 倒院牆

位於內院的南面，帶廊的院牆。

《營造法式》成書於北宋，是官方標準的建築工法參考書，哲宗元祐六年（1091）初編，紹聖四年（1097）又詔李誡重新編修。這套建築參考書出現的背景，是在北宋建國後大量建築各式宮殿與附屬建物中累積形成的一套標準作業流程。李誡根據他個人營造的經驗，以及參考古代各種營建書籍，並訪問工匠施工的程序匯集而成。《營造法式》主要是作為指導設計者與施工者都能手法純一，因此該書以如何測量與制訂尺寸為始。再者，依照建築物各個細部結構加以分部說明，其精細的程度不只是每個物件的作法，也包含了小物件與整體建築之間配置的比例設計。有了這些基礎，就可以規畫工匠施作的人數與日程、控制用料多寡與品質。該書有各種雕刻的圖樣，也有房屋間架結構的平面、斷面圖。房屋建造複雜的工法，都有解析的圖示。這套工程參考書後來對中國建築的影響在於，各地建造房屋時都有具體的程序與樣式可循，木架構的房屋工法因此可以完善地保存下來。

（右圖）紫禁城設計圖局部。紫禁城建於明朝永樂五年，由蘇州蒯氏父子等人設計。圖中站立者為蒯祥。蒯祥出身建築世家，其父蒯思明亦為皇城的建造工匠。

為如果他設計一套東西只有富人可以享受，就無法惠及大眾，何況耗費又不是一個很好的德行。所以他主張要節儉，要花最少的錢、用最簡單的方法達到最高的情趣，這是他的一個很重要的主張。在一般人的心目中，美是奢華的產物；節約卻是刻苦的生活態度。在刻苦的生活中如何顧得到美呢？其實這一邏輯是一種誤解。首先，節約並不是刻苦是素樸，只是不浪費而已。這是知性美學的基礎。試想大自然的美何嘗不是素樸的表現？大自然的精神也就是道德的精神，這才是「天人合一」的真髓所在。有錢的人以為是可以用錢買的，因此鋪金嵌銀，踵事增華，以繁飾為美。其實俗而豔，不如素而雅；同樣是一扇窗，可以開得美，也可以開得醜，與財富何干？這足以說明節約反而是美的初階。

其實這些都是屬於知性美學基本的因素，而這三個原則也就是現在美學的實踐上很重要的基礎，今天我們談現代主義建築，大致上也是遵循這些原則。

當明清之間的讀書人開始從生活中思考一些基本美感原則的時候，這些原則很接近於現在的美學觀念。這個時代比現代主義早了差不多兩百多年，但是為什麼沒有發展成一個真正的潮流，使我們可以更早產生一種新的生活觀呢？這是因為清朝皇帝做得太好了，康雍乾三朝可以說是中國的盛世，當國家領導人太聖明的時候，讀書人又回到老路去了。我只能很感慨地說，本來這些讀書人開始有創造性的藝術思維，認為蓋房子不需要像傳統的老屋，而是照他們的意思蓋成有情趣的建築。可是，當盛世來臨的時候，他又乖乖蓋回原來的老樣子了。為什麼呢？因為他只要努力，就可以進到治國平天下的系統。當然並不是每個人都有這個機會，可是總是比起明朝好多了。所以到清朝中葉以後，有所謂的「揚州八怪」，這些人是江南叛逆系統的一個延續，可是它不成氣候，所以開始被稱為八怪了。為什麼被稱為怪呢？因為有個「正」在那裏。人們還是承認官方的整個權威、整個制度。這讓人有點感慨，明末的藝術和觀

33

念沒有能延續變成一個文化的主流，後來就消失掉了。只有到了清代中葉，有沈三白寫了一本《浮生六記》，還承續了一些閒情意趣，供後人回味。

蓋房子如寫文章

在「居室部」裏李漁寫：「房舍與人，欲其相稱」，這個相稱的觀念就是人性觀。今天這種建議被稱之為「人性尺度」。人性尺度對於房子很重要，意思是說房子太大也沒有什麼意思，太高又沒有什麼意思，人要跟房子的關係能夠互相配合。這個觀念完全和過去的傳統不一樣，過去的傳統是有錢人要把房子蓋得越大越好，房子越大代表著價值，表示個人的社會地位特別高。

其次，「人之葺居治宅，與讀書作文同一致也。譬如治舉業者，高則自出手眼，創為新異之篇」。就是說蓋房子好像作文一樣，要常常有新奇的篇章。這句話的意思對我來說代表著一個很重要的意義，就是蓋房子就是要設計，需要有一個設計師，需要有一個建築師。中國古代是沒有建築師的，匠人就是建築師；蓋房子只要告訴工頭多大一塊地，告訴他要幾個房間，然後要多少錢你去算算。因此大家的房子蓋得一模一樣，也沒有什麼好比較的，你跟我的都是一樣，稍有些變動可能是風水師的主意，這就是我們傳統的建築骨架。現在李漁說蓋房子與作文一樣，要有新奇之篇，這個就需要有設計師吧？很可惜我們沒有，我們一直沒有產生建築師這樣一個職業，因此沒有設計的觀念。但是頭腦有情趣的主人就擔負起設計的任務。

接著又說：「貴精不貴麗，貴新奇大雅」，要求素雅而新奇。從這一點可以說李漁看出中國空間文化中的一個弱點。

（上圖）日本三重縣的「伊勢神宮」，主要侍奉日本天照大神。日本神社多以木製為主，木紋之美隨處可見。
（右圖）明代銅製以劉海戲蟾為造型的香爐，平凡的香爐變得趣味盎然。

中國傳統建築，包括宮殿在內，在外觀上看去，總使人覺得很富麗堂皇，可是仔細看，所有的細節都很粗糙。房舍之美中有一個很重要的元素，就是製作要很細緻，比如梁柱的接頭要很精細。中國的房子表面習慣塗油漆，木結構接頭都可以用油漆掩蓋，做工因此很不精準。我年輕時候是修古蹟的，曾經修葺過幾個台灣的大廟。開始時很令人難以相信，那些看起來富麗堂皇的大廟，因為大修的關係要解卸下來，那時候就發現很多柱子都是拼接起來的，很多接頭都是有塊木榫敲進去，很少有做得非常完好的卡榫。這使我覺悟到，我們根本不在乎木構的精緻性。為什麼中國古代建築表面全部都是油漆彩畫？原因之一，就是油漆彩畫可以把細工做得不好的地方完全遮掩，所以我們的木頭、柱子看起來很粗壯，其實是破破爛爛的。

日日新，又日新

日本人蓋房子也是用木頭，但傳統日本式的房子表面，是不上油漆的，讓你看到那個木紋，所以他們要選最好的木材。台灣當年的檜木，砍下來都是賣給日本人的，因為他們需要上等木材。把木頭打光了以後，木紋很漂亮，構件間的榫接本身就是工藝的精美作品，非常值得欣賞。可是台灣本地要蓋個大廟不需要那麼好的木材，杉木之類的粗木材都可以，表面不夠平整的話，裂了可以填補，若不夠高可以接一段，然後就先拿榫子接起來，打底磨光後，再漆上幾層漆，漆完後跟完整的木頭一模一樣。我們自己覺得這樣的解決方式非常聰明，日本人傻瓜才花那麼多錢買貴重完整的木材。這個就

日本傳統建築 多是採用木造結構，與中國傳統建築類似，兩者不同之處在於中國的建築木造結構都會經過外觀的修飾，而日本傳統建築往往是可以直接看見建材原來的模樣。在建築布局上，中國相當講究的是以中軸線左右平均分配的平衡美感，而日本的建築物往往採取不對稱的方式布局，可能集中在某一側以配合自然的景觀，或者依據功能增築。日式庭園與中國園林也有相當的不同，中國園林是在人造空間中模擬自然，日式庭園卻逐漸發展出枯山水的設計。枯山水不像中國強調實體地模擬自然，而是展現一種概念與意象，在日式庭園中常見的碎石白砂都屬於枯山水的表現。這種藝術境界的產生，也許跟佛教禪的思想有關，也可能因為日本建築空間較為狹小而產生的一種變化。另外，日本的神社、鳥居，都是相當有代表性的宗教建築，雖然功能與民居不同，但展現的美感都是質樸、簡練、自然之風。

TOP PHOTO

《閒情偶寄》裏
李漁對室內設計的主張 游峻軒 繪

設立藏垢納污處
出處：《居室部》**藏垢納污**

李漁主張房間內要保持乾淨，因此須在室內設一個「套房」，可將廢棄或瑣碎之物先丟至此，到了打掃之時一併整理。「故必於精舍左右，另設小屋一間，有如複道，俗名『套房』是也。凡有敗箋棄紙，垢硯禿毫之類，卒急不能料理者，姑置其間，以俟暇時檢點。」

窗戶講求簡單
出處：《居室部》**窗欄**

園林內的窗格，重點應該先放在堅固，「其首重者，此在一字之堅，堅而後論工拙」，在堅固之後，才講求工藝技巧與明亮度。且窗格「宜簡不宜繁，宜自然不宜雕」。

借景的技巧在於室外
出處：《居室部》**取景在借**

對於借景，李漁不喜傳統園林喜歡將盆景、鳥籠、案石置於室內，「其局促不舒，令人作囚鸞繫鳳之想」；認為應該將之放於戶外，藉由窗格形成景色。「設此窗於屋內，必先於牆外置板，以備成物之用。一切盆花籠鳥、蟠松怪石，皆可更換置之。如盆蘭吐花，移之窗外，即是一幅便面幽蘭；盎菊舒英，納之牖中，即是一幅扇頭佳菊」，如此還可便於日日更換景色。

廳壁裝飾須簡雅
出處：《居室部》**廳壁**

李漁認為廳堂牆壁雖然要掛名人書畫，但將畫裱裝於牆上，不如貼於牆上；將畫貼於牆上，又不如直接畫於牆上。「裱軸不如實貼；軸慮風起動搖，損傷名蹟，實貼則無是患，且覺大小咸宜也。實貼又不如實畫：『何年顧虎頭，滿壁畫滄洲。』自是高人韻事。」

收納術與愛物術
出處：《器玩部》**几案**

李漁認為桌案有幾樣東西不可以少：
一是抽屜，方便收納「文人所需如簡牘刀錐、丹鉛膠糊之屬」，並且不用等待家僕來幫忙取物，多耗時間。
二是隔板，「冬月圍爐，不能不設几席；火氣上炎，每致桌面檯心為之碎裂」設置隔板可以減少桌面的損傷。
三是桌撒，也就是當桌椅不平穩時墊於桌腳的薄片。在工匠製作之時，請工匠將多餘的材料留下，「即可取之無窮，用之不竭」，且不必再花錢購買。

櫥櫃以多納為首要
出處：《器玩部》**櫥櫃**

李漁認為櫥櫃的重點不在於體積龐大，而是以能夠收納多樣物品為要。並且可利用隔板，創造如多寶格般的櫥櫃。「於每層之兩旁，別釘細木二條，以備架板之用。板勿太寬，或及進身之半，或三分之一，用則活置其上，不則撤而去之……是一層變為二層，總而計之，則一櫥變為兩櫥，兩櫃合成一櫃矣，所神不亦多乎？」

桌上物品的排列要有巧思
出處：《器玩部》**忌排偶**

李漁認為，當置玩物於桌上時應該要有排列方法，千萬不可以並排。比如一對的物品，應該要「或比肩其形，或連環其勢，使二物合成一物」，如此一來便不會落於單調。又排列的方式不可以排成八字形、四方形、梅花形。「大約擺列之法忌作八字形，二物並列不分前後，不爽分寸者是也；忌作四方形，每角一物，勢如小菜碟者是也；忌作梅花體，中置一大物，周遭以小物是也；餘可類推。」

江南名園 例如拙政園、網師園以及留園，皆屬私家園林，北方園林則多屬於皇室，像是頤和園、圓明園以及紫禁城的御花園等。園林之設，是希望把自然的趣味濃縮到有限的空間裏，這在南北的園林中就有很大的差異。比如，北方氣候較為嚴寒，必須要選擇常綠的植物種植；南方相對溫暖濕潤，植物種類較多且一年皆可安排花季。

江南園林裏，假山、池水、亭子、橋徑、廊廡，都藏有曲折探隱的規畫，讓遊覽其中的人們，在視覺上感受園子區隔與遮掩的含蓄。當中又因「借景」的設計，使人可以望見青山、田園、流水的景致，使「小巧」的園林又有與外界「寬闊」的自然聯繫在一起，不受既有空間的拘束。這種內外相別、隱顯互換，就是江南園林藉花草、小橋流水等有形物質營造出一種詩意空間，從中亦反映出主人的品味。

北京故宮博物院 藏

是貴麗不貴精，但李漁覺得貴精不貴麗才重要。真正要住的房子，不要華麗，但是要精緻；華麗不重要，精緻才重要。所以又要新奇又要素雅，要素要雅，這到今天都可以使用。這幾年來我一直在台灣提倡生活美學，我覺得中國文化實在缺少了基本的美感素養，我們的教育也沒有積極推動素雅的修養，所以像這種美感的應用，應該大力提倡，在中國文化中可以發揚光大才好，不能一直受到忽視。

李漁的建築美學觀點與日本的建築美學觀點是不是相近呢？在美感判斷上可以這麼說，可是在求新求變這方面來說，日本就不大相同了，日本是非常尊重傳統，甚至是守舊的。中國人喜歡求新，我們是個「日日新，又日新」的民族，因為我們的文化是橫向思考的，是求新求變的。那麼我們一個好新奇的民族為什麼常常不求新？是因為被禮教制度壓抑了，當你把制度拿開的時候，我們就會一夕而變。其實這種例子很多，我只拿一個香爐做例子：香爐可以找到幾百種，其變樣之多，你根本想像不出為什麼。不是為什麼，他就是要想變花樣，滿足新奇的心理需要，每個做香爐的人，都因個人與環境的因素而發展出不同的形狀，因為沒有管制，他的創新觀念就出來了。日本人是非常守舊的民族，十分重視保護傳統，比如說它有個神廟伊勢神宮，那是在相當於中國六朝時候蓋的，到現在還是一模一樣。為什麼？因為木造房子不能耐久，所以他們便每二十年重建一次，就剛好照原有的房子做一個新的，然後把舊的拆掉，可以建得一模一樣的。這樣的程序延續一、兩千年了，也不嫌煩。他們才是真正守舊的民族。

美感從乾淨開始

典型中國住宅的配置，每家都一樣，李漁住這種房子他會不舒服。因為這個房子就屬於那種一走進去以後，不需要去問那個人住哪裏，只要知道他的身分是家長還是大房二

北京故宮博物院 藏

（上圖）《點石齋畫報》中的
清代宅第，可以看見士人藏書
的書架，類似多寶格的設計。
（左圖）紫檀嵌琺瑯多寶格。
多寶格是專門收納小物的箱
子，為求在有限的空間內裝入
多樣的小物而做，並強調造
型的精緻美觀。往往一件多
寶格，箱蓋中有盒、盒中有
套匣、套匣中又有屜，隱隱約
約、輾轉曲折。

房，就知道他住在哪兒了。每家的房子都蓋成一樣的標準，
因為這是制度規矩，也就是禮教的秩序。當然，有些地方細
節會不一樣，可是在精神上是一樣的。這種房子的構造非常
呆板，當然還是有它的美感，可是這是一種沒有創造性、制

式的美感。有錢人會做很多雕刻、花紋，從這裏可以看出主人是不是有地位。這種房子的美感在哪裏呢？美感就是，花紋、裝飾越多，被認為越美。窮人也是一樣。窮人蓋小房子，有錢人蓋大房子，機能如何則是另一回事，這就是我們的傳統。所以李漁批評這個傳統，可是廣大的群眾還是接受這個傳統的。

「居室部‧房舍第一」裏頭還有幾句很有趣的話：「顯者之居，勿太高廣。夫房舍與人，欲其相稱。」是說有錢人——顯者就是有錢人——住得不要太高太寬，所以房舍與人欲其相稱。下面一句：「處士之廬，難免卑隘……淨則卑者高而隘者廣矣！」處士之廬，就是一般讀書人的房子，會比較小一點，小沒有關係，但要乾淨。這句話很重要：小沒有關係，要很乾淨。乾淨的室內，雖然小但看起來高一點，雖然窄但看起來寬一點，乾淨就夠了。中國人有一個非常大的毛病，就是不喜歡乾淨，到處亂七八糟的，不知道怎麼過一個清潔的生活。我講美感的時候，第一句會這樣講，美感的開始就是乾淨，你先打掃乾淨再談美，如果不想打掃乾淨，還談什麼美？這些都是從生活中經驗出來的。

雅俗俱利，理致兼收

李漁說他生平有兩個絕技，一是辨審音樂，另一個是置造園亭。他認為創造園亭：「因地制宜，不拘成見，一榱一桷，必令出自己裁，使經其地入其室者，如讀湖上笠翁之書，雖乏高才，頗饒別趣。」因地制宜，不拘成見，不是說抄一個成例，現在一般是業主委託建築師，然後跟他談的時候，拿出一個準備好的圖樣，希望建築師照樣去設計就好了，你看難過不難過？所以，李漁的意思是園亭應該要別人入其室者，頗饒別趣，就是來的訪客一看，眼睛一亮，感到特別新鮮有趣，這個就是創意。「土木之事最忌奢靡……貴精不貴麗，貴新奇大雅，不貴纖巧爛漫……一為素雅而新奇，一為

（上圖）《營造法式》中的彩繪斗栱。中國建築特色之一便是梁柱與斗栱上的彩畫。
（右圖）留園的窗格。古典園林大多藉由窗格與天井來使庭院或室內光線充足，因此李漁主張窗格樣式簡單（如縱橫格、欹斜格），亦使採光較佳。

輝煌而平易，何者引人注目？」不要奢侈，要貴精不貴麗，要貴雅，素雅而新奇，那個素雅而新奇跟輝煌而平易，何者引人注目？李漁覺得素雅而新奇可能大家會注意，輝煌而平易別人可能不會注意。可是現在這個世界上不是這

樣的，暴發戶太多了，那些很有錢的人、沒有眼光的人，多半會喜歡輝煌而平易。「凡予所言，皆屬價廉工省之事，即有所費，亦不及雕鏤粉藻之百一……新制人所未見，即縷縷言之，亦難盡曉，勢必繪圖作樣。然有圖所能繪，有不能繪者。不能繪者十之九，能繪者不過十之一。因其有而會其無，是在解人善悟耳。」意思是他希望價廉工省，但是價廉工省，非得要畫好圖樣不行，就需要設計師，可是沒有設計師怎麼辦呢？工匠怎麼能畫呢？

李漁談到向背的問題，說要注意充分的日照：「屋以面南為正向。然不可必得，則面北者宜虛其後，以受南薰；面東者虛右，面西者虛左，亦猶是也。如東、西、北皆無餘地，則開窗借天以補之」。向背就是他那個時代以面南為正向，因此所有房子都朝南，在北方一定可以坐北朝南，可是由於南方的地勢變化多端，有的時候非朝東不可，有時候非朝西不可，所以李漁又跟大家說如果無法坐北朝南要怎麼解決：南邊要留有空地，因為要讓陽光可以照進去，所以他已經想到日照方向與健康地居住這個觀念。他不是照公式蓋起來就算了。如果按傳統的建造方式，後面一定不開窗，但李漁說南邊一定要開窗。如果東西北都沒有餘地呢？那就設法開個天窗。古人根本沒有開天窗的觀念，他就開始有了，而且後

面的文字裏説了，窗子採光比門有效，開得高比開得低有效，這是觀察出來的理性判斷，從這些東西來分析，就不講制度了，完全講理性。

另外，要便捷幽雅的通道：「徑莫便於捷，而又莫妙於迂。凡有故作迂途，以取別致者，必另開耳門一扇，以便家人之奔走，急則開之，緩則閉之，斯雅俗俱利，而理致兼收矣。」李漁告訴我們，這個途徑當然越近越好，可是要想有趣，還是彎曲一點好，彎曲一點比較有趣。然後另外開個小門方便家人走，這樣子是雅俗俱利，理致兼收，他非常重視這兩句。理是理性，致是情致，理致兼收是情理俱備。

收納與藏垢

李漁認為建造房子需要善於利用地勢：「房舍忌似平原，須有高下之勢……因地制宜之法：高者造屋，卑者建樓，一法也；卑處疊石為山，高處浚水為池，二法也。」他説蓋房子不要像平原，需要有高下之勢，因地制宜，你高處造屋，低處建樓，高處浚水，低處疊石。他認為房屋一定要看形勢來建造。

要活用簷下空間：「（柱不宜長，窗不宜多）深簷蔽風雨，則苦於暗；欲置長牖以受光明，則慮在陰。劑其兩難，則有添置以活簷一法。」置頂格：「頂格一概齊簷，使高敞有用之區，委之不見不聞……四面皆下，而獨高其中……方者可用豎板作門，時開時閉，則當壁櫥四張，納無限器物於中，而不之覺也。」過去對建築的了解，最上是屋頂，支承屋頂的是屋架，屋架下面是天花板，天花做好，上面的一切，全部都蓋起來了。這句話的意思是説，如果這個頂格一概齊簷，這樣子上面三角形的空間，就變成好像沒有用的地方，看不到，也聽不到，就是不見不聞。李漁説這樣不好，是浪費空間。這個天花板該怎麼做呢？把中間做高一點，兩邊做平，這樣有什麼好處呢？因為這四邊都可以開門，拉開以後上面

風水與建築環境 林家琪繪

傳統認為住宅（陽宅）或墓地（陰宅）周圍的地勢和方向等會影響一家的福禍。風水上的禁忌反映了中國人對環境的看法，是對環境的一種評估。透過周遭山水的形狀，去評估環境的吉凶。

「左青龍、右白虎、前朱雀、後玄武」是一種理想的風水布局，「凡住宅左有流水謂之青龍，右有長道謂之白虎，前有污池謂之朱雀，後有丘陵謂之玄武，謂最貴地」（《陽宅十書》）。即東邊宜有河、南邊宜有池、西邊宜有道路、北邊宜有山，能達到這樣條件的地形，被認為是古典風水之四神獸配最貴地。「四神獸」各司其職，守護著四個方位。住宅的風水環境外局基本要求，是從「四神獸」的分布形勢引伸出來，成為典型的方位觀。

所謂的好風水，山水的形態應為四獸柔順俯首，四方拱護「穴地」於中央：「玄武垂頭，朱雀翔舞，青龍蜿蜒，白虎馴頰。」（郭璞《葬書》）朱雀和玄武的格局應該是前低後高，是一個動靜的結合。青龍主陽，白虎主陰，是一個陰陽平衡的結合，左右有抱，負責守護令生氣凝住不散，青龍宜比白虎的地勢高。

朱雀方：
於住宅前面，亦即明堂，象徵發展潛力和未來；如朱雀為水池，宜開闊、平坦。

青龍：
於住宅左面，象徵男性的權力和威儀；青龍如為流水，需要屈曲、蜿蜒，但不可高於本宅。

白虎：
於住宅右面，象徵財富及女性；白虎如為道路，地勢應該低緩順伏。

玄武方：
於住宅後面，亦稱座山，要求是綿延不絕的群山峻嶺，象徵背後有靠山。

東西方的園林

日本

起源：約於七世紀時出現，但形式較具特色則是從鎌倉時代開始。

特色：大致上可分為築山庭、枯山水與茶庭。築山庭利用池塘、小山、石頭、花、樹等組成微縮景觀，並求納入一年四季的景色。枯山水的概念亦來自築山庭，本為禪院空間無法容納池塘山水，因此以砂代水、以石代山，講求禪宗意境。茶庭則專為茶室而建，大都由茶屋、石燈籠、石池組成。

代表：龍安寺、桂離宮、兼六園。

圖為京都桂離宮。

TOP PHOTO

TOP PHOTO

印度

起源：時間不明，但依據玄奘
《大唐西域記》所載的「居人
殷盛，池館花林」來看，最晚
不超過七世紀。

特色：以蒙兀兒式花園最為有
名。蒙兀兒帝國時期興建了許
多這類園林，結合了波斯與印
度風格，以水道、噴泉與水池
為特色。大都於主建築前開闢
一條水道，並以此將花園分割
為對稱的兩半，兩旁為草地，
或種有大量花卉。

代表：尼夏特花園、夏利馬爾
花園、泰姬瑪哈陵。

圖為泰姬瑪哈陵。

法國

起源：約為十六世紀。

特色：受義大利文藝復興影響，因此興盛文藝復興式園林，並逐漸融為自我的法式風格。法國園林主要為「規則花園」，用一條大道將花壇分為對稱的兩塊，並結合阿拉伯式的幾何特色，以花草裝飾庭園，喜好小方格式花壇。除花草外，也會使用細粒岩石或砂子作為花壇底飾，以提高美感。花園有時亦襯有石製的亭、廊、欄杆等。

代表：杜樂麗花園、凡爾賽宮花園。

圖為凡爾賽宮花園。

Charles & Josette Lenars/CORBIS

義大利

起源：約起源於一至二世紀的
羅馬帝國。

特色：以保留羅馬庭園為特色。
羅馬庭園大都建於山坡、台地
上，與一般平地園林有很大的
不同，擁有視野開闊的風格。
同時羅馬園林重視幾何外形，
喜歡將花壇、樹木、道路皆設
計為幾何形狀，亦有融入希臘
重視雕塑的風格。楊木、杉木
與柏木及月桂、夾竹桃，為主
要造景之樹木。

代表：千泉宮、加爾佐尼莊園。
圖為加爾佐尼莊園。

47

當儲藏室。他告訴窮人要怎麼利用空間，天花板可以當儲藏室，家裏沒有儲藏室會很亂。

房子要有藏垢納污的空間：「先有容拙之地，而後能施其巧。」「精舍左右，另設小屋一間，有如複道，俗名『套房』是也……此房無論大小，但期必備……至於溺之為數，一日不知凡幾，若不擇地而遺，則淨土皆成糞壤……當於書室之旁，穴牆為孔，嵌以小竹，使遺在內而流於外，穢氣罔聞，有若未嘗溺者，無論陰晴寒暑，可以不出戶庭。」房間無論如何要找一個儲藏室，這樣髒亂的東西可以堆，不然家裏不會乾淨、不會美。特別是後面，房子沒有廁所很討厭，尤其是小便很麻煩，這個怎麼解決？在書房旁邊，牆壁挖洞。不過這個有點不大衛生，像我們今天那個小便池，卻無處理便溺的方法。不過大家從中可以了解到他對生活細膩的觀察。

開窗借景

李漁希望花窗格子的設計是透明、玲瓏，「窗櫺以明透為先，欄杆以玲瓏為主」。窗櫺就是格窗，花窗格子。花窗格子是傳統建築很重要的視覺要素。在傳統的有錢人家裏，都

（下圖）元 錢選《山居圖》。畫中描繪江南的湖光山景，屋舍隱於林中、山居左右，外有湖水環繞，一小橋通往外方，環境清幽，正符合中文人居處講求「景色如畫」的意境。

會有花格子，做得十分複雜，花樣繁瑣，以為這樣就是美。李漁覺得傳統的東西應該多變點花樣，窗扇要簡單不要太複雜。花格子要貼層紙在上面，格子要是太寬，窗紙就會容易碎掉。他想到幾個方法，就畫給大家看：縱橫格、欹斜格和屈曲體。比如使用屈曲體，在曲線中間嵌上梅花也順便作為固定曲線的卡子，既簡單又美觀，亦有所變化。

為了生活的情趣，他也不忘「借景」一法。借景是明末計成在《園冶》一書中提出的觀念。中國的造園是在有限的空間中經營美好的景致，但是人造景物的可能性是有限的，與傳統文人以觀賞自然景物為目標的胸懷相去實在太遠了。為了彌補此一缺點，計成建議造園要借院牆之外的風景，也就是觀察四周環境之美好景致，設法收納在園內。收納的方法無非是利用開口朝向與因地制宜兩種技巧，李漁書中所說的借景，在觀念上與計成是一致的，但他還是造園家，只能在日常生活中尋求情趣，所以只談開窗借景。他把窗子當成畫框，把自然景物當繪畫，是文人的借景觀；他們喜歡說「景色如畫」，把畫當成最美的風景。這樣一來，不只是自然風景，任何美好的景物都可以入畫，都可以用框景的方式，借

《園冶》 刊行於崇禎七年（1634），是世界上相當早的造園藝術專著之一。作者計成生於物質生活繁盛的明末，對於繪畫有相當的愛好。他曾為精準畫作而遊覽北方山水，這對造園的靈感與運用的元素有很大啟發。

晚明造園相當盛行，同時也有相當多的工匠操執此業。計成把造園當成一種藝術創作，不只是工匠的手藝而已，更有設計者的風格與思想。其模擬自然的手法，更是要讓人分不清人造與天成的差別。該書也與多數晚明賞玩書籍一樣，批評了當時俗不可耐的流行樣式，藉著批評時興之物展現獨樹一格的特色。該書出版時阮大鋮曾為之作序，後來阮氏的作為受到世人爭議與唾棄，《園冶》一書跟著受池魚之殃，甚至被列為禁書，在中國本土幾乎絕跡，在二十世紀初期才又從日本輾轉回到中國。

TOP PHOTO

進生活中。這是把借景法廣泛使用的辦法。他用此法，使可以搬動的花盆與扇面窗框相結合，創造室內空間的變化，甚至用梅枝做成窗框，亦有似畫的效果，這是把詩畫情趣引進生活的方法，早已超過造園學的領域了。

中國的庭園多用太湖石，那是非常昂貴的。可是，再好的美石一堆多了就很難看，簡直就跟螞蟻窩一樣，這個論點從明朝後期就有人開始說了。原因就是有錢人覺得家裏石頭都是花高價買來的，所以把石頭堆起來，以多取勝而不管它堆起來的樣子。中國自古以來喜歡很特殊的石頭，所謂「透」、「瘦」、「漏」、「秀」，一透一瘦一漏，以後就沒重量，石頭沒重量是什麼？那就是螞蟻窩。李漁很敏感，坦白指出這種東西不應該拿來砌山石，又貴又不好看。應該怎麼辦呢？砌假山最簡單的方法就是裏面用土，不需要用大量昂貴的石頭堆成，只要用土把石頭墊起來就可以了，這樣裏面用土，外頭用大石頭去砌起來，如此看起來就會有真山的視覺效果。

在明末清初的時候，美學確實達到一個水準。很可惜都不被大家所接受，像這樣蜂窩式的假山，一直沿用到民國。中國文化怎麼會變成這麼脆弱了？石頭居然是沒有重量的。我想到李漁他們在兩三百年前，就可以想到討論這些問題，實際上不光是提升我們的精神生活的品質，也給我們傳統文化治病。石頭應該是重的，就是一個例子，讓我們知道虛浮的石頭沒有一點真實的美感，那是空虛的、空洞的。

現代人如何閱讀此書

當然產生於幾百年前的這種觀念，跟今天是有點距離，有些東西不能用。不過有很多基本觀點是可以採取的。它的基本原則沒有別的，就是生活的利便與情趣。李漁心目中的讀者是文人，也就是喜歡詩文、懂得書畫的人。這類有文化素養的讀書人知道何謂情趣。對於沒有文化素養的現代市民，

（右圖）明 崔子忠《杏園夜宴圖》。
此圖描繪春日夜晚文人在家設宴的場景。畫中一文士展卷賞析，並與身旁品茗的友人討論。婦女於園中閒遊，僕人一旁煮茶，展現了明人追求生活情趣的一面。

説這些話都是白費。所以現代公寓的居住者要懂得如何住得好，必須先充實自己。比如李漁所說的「取景在借」，要如何靈活運用，恐怕連缺乏詩文背景的設計師都用不上呢！

有一段埋藏在「聲容部」裏的文字，我認為是非常有意義。在「聲容」一章的最後一節「習技」裏，本是談婦女的歌舞技藝，但中間有一段泛論技藝的文章，小題為「文藝」，就是談到技藝與文理的關係。他指出「天下技藝無窮，其源頭止出一理」，可以說是現代理性主義理論的老祖宗。所以今人在居住的籌畫上也要重視理性，要求合理；這是一種持久價值，不可等閒視之。

《閒情偶寄》這本書的內容非常廣泛，包括一個傳統文人生活的多個層面，除了戲曲有些專業之外，其他都與生活的情趣與美感有關，可以概稱為生活美學。今天是講究生活美學的時代，所以對現代的知識分子生活的經營有很高的參考價值。當然，當時的閒情與今天的社會價值有很大的落差。他在文章中講了很多細節，也許對我們沒有實際用處，可是我們要接受的是他的理念：求新、求變、合理、合用的基本態度。把這種態度運用在任何情況下，都可以經營出富於情致的居住空間。有時候我覺得今天的設計師不能只追隨時尚，動不動向「前衛」學習，而要回到永恆的價值，就是李漁所秉持的原則。

我們這個時代，已經變成一個富裕的社會，因此我們的價值觀改變了。我們要想到個人生活，要想到社區生活，我們要想到真正的人生。這時候，生活的品味開始變得非常重要，生活的情趣必須變成我們生活的一部分。現在為什麼有那麼多遊樂場，就是要讓你花掉那個無聊的時間。與其花在那麼無聊的遊樂場裏，為什麼不回到像李漁一樣，比較內向的心靈生活？追求生活情趣是一種心靈生活，所以我們現在應該提倡這種心靈生活的重建。這是我喜歡談李漁這本書的原因。

圖解江南園林

游峻軒

第一次會拿筆時，就把眼前的黃色挖土機給畫了下來，彷彿那台黃黃的挖土機也為眼前挖出了一條畫之路；畫之路有了起點，沿路的風景，都要一一畫上。插畫作品有《夏之絕句》、《小葉的外星兔》等。

江南園林介紹──以獅子林為例

中國園林起源於秦漢時期，至宋代，風格逐漸轉向文人山水與自然美景，明清之際，美學興盛，造園風氣也達到頂峰，富紳文士大量造園，皇室園林甚至參考私家園林之特色修建。

江南園林主要為分布於揚州、蘇州、南京、上海、常州等地的園林。與北方不同的是，北方多皇家園林；而江南大都為私家園林，以蘇州園林為冠。由於私家園林占地不廣，因此江南園林大都小巧精緻，布局靈活自由，大量運用借景、對景、隔景、漏景等技法，將亭、台、樓、閣、泉、石、花、木組合一起，創造人與自然和諧居住的環境，並以粉牆黛瓦為特色。

園林學者陳周從便曾以宋詞喻蘇州諸園：「網師園如晏小山詞，清新不落俗套；留園如吳夢窗詞，七寶樓台，拆下不成片斷；而拙政園中部，空靈處如閒雲野鶴來去無蹤，則是姜白石之流了；滄浪亭有若宋詩；怡園彷彿清詞，皆能從其境界中揣摩而得之」。把建築的形制與文學的語言碰撞在一起，情與景交會相融，這就是中國園林很重要的人文特質。

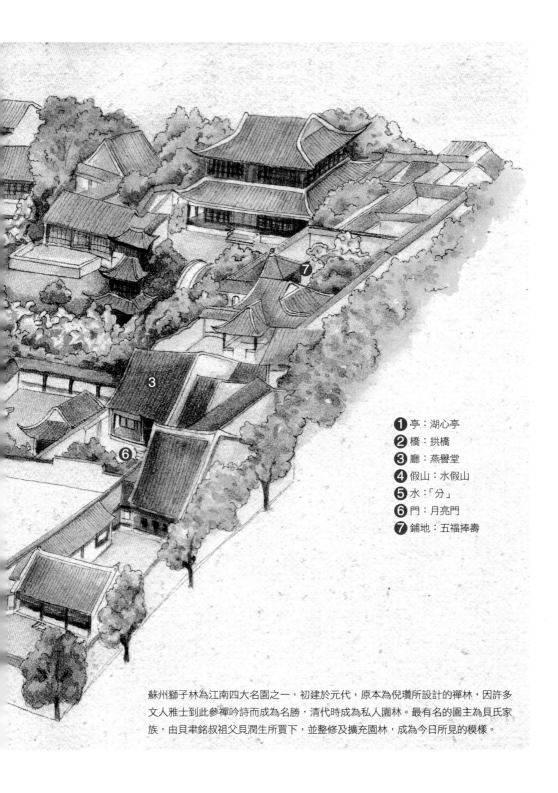

1 亭：湖心亭
2 橋：拱橋
3 廳：燕譽堂
4 假山：水假山
5 水：「分」
6 門：月亮門
7 鋪地：五福捧壽

蘇州獅子林為江南四大名園之一，初建於元代，原本為倪瓚所設計的禪林，因許多
文人雅士到此參禪吟詩而成為名勝，清代時成為私人園林。最有名的園主為貝氏家
族，由貝聿銘叔祖父貝潤生所買下，並整修及擴充園林，成為今日所見的模樣。

亭

亭於古代本供行人休息之
用，如路亭、涼亭等。由於
江南園林的設計是以仿自然
為主，因此園林在追求山水
的呈現時，亭便成為不可缺
少的建築之一，又因亭有賞
景的功能，因而成為林中的
賞景指標。

獅子林「湖心亭」

湖心亭建於池塘的中心，可以說是園林中心的視覺焦點，亦是園林最開闊
的賞景之處。獅子林的湖心亭為六角形建築，上面題有對聯「曉風柳岸春
先到，夏日荷花午不知」。

獅子林「真趣亭」

獅子林真趣亭得名於乾隆題字，乾隆六訪獅子林，對於園林景色讚賞不已。而真趣亭一面依牆、三面空敞，倚石山而望湖水，乾隆因此賜匾「真趣」，有讚揚其景色「真有趣」之意。

滄浪亭「滄浪亭」（蘇州）

滄浪亭為宋代名士蘇舜卿的園林，與園同名的滄浪亭，取《楚辭·漁父》：「滄浪之水清兮，可以濯吾纓，滄浪之水濁兮，可以濯吾足」，有自勉之意。滄浪亭為方形亭，四周為林木環繞。

拙政園「鴛鴦亭」（蘇州）

鴛鴦於字義上有夫妻相依恩愛之意，因此用於亭上，便是指緊密相連的兩個亭。因鴛鴦亭的建造比較複雜，因此園林中鴛鴦亭的比例不高。拙政園的鴛鴦亭便是典型代表之一。

橋

以曲橋最有特色。曲橋又稱「園林橋」，是園中的賞景通道，有「景莫妙於曲」之說。曲橋具延長風景線及擴大景觀的效果，尤其園林喜將曲橋設計得略高於水面而欄杆低矮，因此橋與水景很能融為一體。

獅子林「拱橋」

拱橋是以「拱」作為主要承重結構的橋梁，在園林中十分常見。拱橋可由石、木、磚來建造，但最常見的還是石拱橋，獅子林的拱橋便是代表之一，且獅子林拱橋亦是進入獅子林假山群的起點處。

豫園「九曲橋」（上海）
豫園九曲橋緊連湖心亭，將水面切割為二，使得水面看起來不至於單調，又有收曲橋景致之效果。且曲橋具延長風景線及擴大景觀的效果，因此有「景莫妙於曲」之說。

拙政園「小飛虹」（蘇州）
拙政園小飛虹為典型的「廊橋」。廊橋多以木頭建造，因木橋不耐風吹雨打，因此在橋上加建頂蓋，就形成了廊橋。廊橋使遊園的旅人不受風吹雨淋，有躲避的功用。

廳

私家園林中，廳堂極為重要，代表著一個園林的主體。江南園林大都將主廳建於景色開闊之處，以便招待賓客遊園宴飲。一般來說，廳堂多於水池邊，且坐南朝北、視野闊展、風格穩重端正。

獅子林「燕譽堂」

燕譽堂為獅子林的主廳，也是典型的「鴛鴦廳」。所謂的「鴛鴦廳」便是將一個大型的廳堂以屏風、隔扇或廳壁隔為前後兩廳，一面向陽、一面向陰，可供不同的季節使用。或如燕譽堂，對外的廳為主人招待男客用，對內的廳堂則為家眷招待女客用。

獅子林「指柏軒」

指柏軒初建於元代，本為僧人講公案、論機鋒之處，而後貝氏搜購獅子林，大肆擴建，並以佛門公案的「趙州指柏」為典故命名。同時指柏軒因樓高兩層，也是獅子林的遠眺之地。

退思園「茶廳」（蘇州）

茶廳的作用與花廳相同，都是園林主人日常生活起居之地，或招待一般客人時所用。與主廳相較，茶廳格局較小，也較不正式。但江南園林中的茶廳與花廳頗多，收便利之效。

醉白池「四面廳」（上海）

「四面廳」的特色在於它是四面皆為開敞的廳堂，可觀四周景色。由於四圍都是隔扇，可開啟也可關閉，外圍又襯以欄杆、迴廊，屬於園林中較考究的一種廳堂形式。

假山

江南園林師法自然，因此山水不可少，尤其假山更為重點。一般來説，假山以土石混合堆疊為大宗。江南園林又喜奇石，以太湖石為最，這是因為太湖石最能表現「瘦」、「皺」、「漏」、「透」的美感。

獅子林「水假山」

獅子林本以「假山王國」而著名，全園有九條假山山脈、二十一處洞穴，還有各種姿勢的狻猊石，包括舞獅、鬥獅與嬉戲的獅群等。其中「水假山」更是全園最具特色之景，水假山位於園林之西，由拱橋入假山口，可以走在層層疊疊、彎曲迴旋的假山中，並欣賞假山依水之景。

獅子林「九獅峰」

九獅峰位於小方廳之外，初看
會以為是洞孔密布的山石，但仔
細欣賞，卻會發現假山的形狀
正如九隻小獅戲耍，因此命名
為九獅峰。九獅峰在像與不像
之間極難捉摸，亦為一大特色。

個園「秋山」（揚州）

個園以四季假山聞名，有「春
山宜遊，夏山宜看，秋山宜
登，冬山宜居」之稱。其中秋
山最具氣勢，由黃石疊堆而
成，上面植滿松柏楓等樹木，
具有剛勁峻拔的風格。

留園「冠雲峰」（揚州）

冠雲峰高六公尺半，為宋代
花石綱的遺物，具有太湖石
「瘦」、「漏」、「透」、「皺」
的風格。秀雅之中又帶有雄偉
之姿，被喻為留園諸石之冠。

水

南方為水鄉澤國，因此水榭成為江南園林的特徵，尤其古代文人將心靈寄託於山水之間，因此「水」的設計相對重要，這種對水的疏理又叫作「理水」，從水面型態、栽植植物、水面倒影，甚至池中游魚，都在理水的範圍。

獅子林「分」 　由於湖泊水面遼闊，擔心視覺上過於空曠單調，因此常藉由亭、橋、假山等來豐富水面景觀，也收切割水面之效，這在園林設計中是常見的手法，稱為「分」。

留園「倒影」（蘇州）

蘇州園林講究融合自然山水於園中，因此倒影也是理水設計的重要環節。一般來說，人為可以設計產生哪些倒影，而建築與景色倒影於水中，視覺上會產生韻味之美。

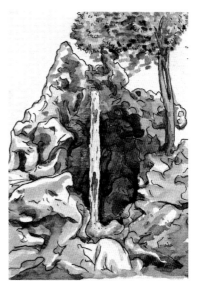

網師園「池面布置」（蘇州）

園林中的水景設計多元，除了上述的「分」、「倒影」之外，也求池面布置的精心安排，包括在水池上種植荷、蓮、浮萍等，並且會於池岸植花草，池內養殖魚蝦。

獅子林「瀑布」

園林取法自然，如瀑布這種自然景色也會收於園林之中。獅子林假山群內便設計了一個瀑布，雖然不如自然的瀑布氣勢壯闊，但在視覺上卻收意境之效。

門

門為兩個空間的出入口，具有防護、保溫、隔聲等效果。江南園林中有許多只開門洞而沒有門扇的門，稱為「洞門」，如瓶形門、月亮門、海棠門等等，取其方便通風、借景的利處。

獅子林「月亮門」　月亮門是洞門的一種，洞門於園林設計中十分常見，通常是在一面牆上開出一個可以容納一人或多人通行的洞口，形狀多樣，月亮形、海棠形、葫蘆形、寶瓶形都在此列。其中月亮門最為常見，在不同光影下，可透過月亮門欣賞到光線變化的豐富景色。

獅子林「海棠門」

海棠門占的面積較廣，也可以通行較多人，以在牆面上開出一朵四瓣海棠花命名。由於行人是由「花心」而過，也添加了一些風雅的氣息。

定園「葫蘆門」（蘇州）

葫蘆門是將門開造為葫蘆形，除了借景、框景的功用之外，葫蘆門也有寓意「子孫綿延」之意。取自《詩經》：「綿綿瓜瓞，民之初生」。

豫園「寶瓶門」（上海）

寶瓶門顧名思義便是洞門如瓶形。寶瓶門與葫蘆門有些類似，也都是取吉祥話寓意，瓶形門代表「出入平安」之意。

鋪地

鋪地是園林的重要景色之一，大都以石、磚、瓦三種材料混合進行鋪地，使地面看起來美觀大方，並收下雨天免被泥水踐踏之效。鋪地種類繁多，有幾何形、冰裂紋、魚鱗紋、吉祥圖案等多種花樣。

獅子林「五福捧壽」

壽字紋是鋪地中常見的一種，而「五福捧壽」則更為吉祥。獅子林的五福捧壽鋪地，以「蝙蝠」象徵「福」，由五隻蝙蝠環繞壽字，反映主人「福壽兩全」的願望。據說在「五福捧壽」圖案上環繞幾圈，便可「添福添壽」。

網師園「鶴」（蘇州）

鶴在古代有長壽的象徵，一般來説，鶴紋鋪地會連同松樹與柏樹一同出現，取「松鶴延年」的吉祥話，也是追求長壽的象徵。

拙政園「魚」（蘇州）

「魚」是最常出現的吉祥寓意代表，許多園林都於池中養魚。而鋪地以魚為裝飾圖案，則代表了「年年有餘」的富裕之意。

滄浪亭「盤長」（蘇州）

盤長（吉祥結）是一種迴環的繩索圖案，也是佛教八寶之一，寓意佛法的「迴環貫徹，一切通明」，用於園林鋪地，也是求佛法保佑，展現對永不消失的美好願望的追求。

原典選讀

李漁 原著

居室部
房舍第一

人之不能無屋，猶體之不能無衣。衣貴夏涼冬燠，房舍亦然。堂高數仞，榱題數尺，壯則壯矣，然宜於夏不宜於冬。登貴人之堂，令人不寒而慄，雖勢使之然，亦廖廓有以至之；我有重裘，而彼難挾纊故也。及肩之牆，容膝之屋，儉則儉矣，然適於主而不適於賓。造寒士之廬，使人無憂而歡，雖氣感之耳，亦境地有以迫之；此耐蕭疏，而彼憎岑寂故也。吾願顯者之居，勿太高廣。夫房舍與人，欲其相稱。畫山水者有訣云：「丈山尺樹，寸馬豆人。」使一丈之山，綴以二尺三尺之樹；一寸之馬，跨以似米似粟之人，稱乎？不稱乎？使顯者之軀，能如湯文之九尺十尺，則高數仞為宜，不則堂愈高而人愈覺其矮，地愈寬而體愈形其瘠，何如略小其堂，而寬大其身之為得乎？處士之廬，難免卑隘。然卑者不能聳之使高，隘者不能擴之使廣，而污穢者、充塞者則能去之使淨，淨則卑者高而隘者廣矣。吾貧賤一生，播遷流離，不一其處，雖債而食，賃而居，總未嘗稍污其座。性嗜花竹，而購之無資，則必令妻孥忍饑數日，或耐寒一冬，省口體之奉，以娛耳目，人則笑之，而我怡然自得也。性又不喜雷同，好為矯異，常謂人之葺居治宅，與讀書作文同一致也。譬如治舉業者，高則自出手眼，創為新異之篇；其極卑者，亦將讀熟之文移頭換尾，損益字句而後出之，從未有抄寫全篇而自名

善用者也。乃至興造一事，則必肖人之堂以為堂，窺人之戶以立戶，稍有不合，不以為得，而反以為恥。常見通侯貴戚，擲盈千纍萬之資以治園圃，必先論大匠曰：亭則法某人之制，榭則遵誰氏之規，勿使稍異，而操運斤之權者，至大廈告成，必驕語居功，謂其立戶開窗，安廊置閣，事事皆仿名園，纖毫不謬。噫！陋矣。以構造園亭之勝事，上之不能自出手眼，如標新創異之文人；下之至不能換尾移頭，學套腐為新之庸筆，尚囂囂以鳴得意，何其自處之卑哉？予嘗謂人曰：生平有兩絕技，自不能用，而人亦不能用之，殊可惜也。人問絕技維何？予曰：一則辨審音樂，一則置造園亭。性嗜填詞，每多撰著，海內共見之矣。設處得為之地，自選優伶，使歌自撰之詞曲，口授而躬試之，無論新裁之曲，可使迴異時腔，即舊日傳奇，一概刪其腐習而益以新格，為往時作者別開生面，此一技也。一則創造園亭，因地制宜，不拘成見，一榱一桷，必令出自己裁，使經其地入其室者，如讀湖上笠翁之書，雖乏高才，頗饒別致，豈非聖明之世，文物之邦，一點綴太平之具哉？噫！吾老矣，不足用也，請以崖略付之簡篇，供嗜痂者採擇。取其一得，如對笠翁，則斯編實為神交之助爾。

土木之事，最忌奢靡。匪特庶民之家當崇儉樸，即王公大人亦當以此為尚。蓋居室之制，貴精不

貴麗，貴新奇大雅，不貴纖巧爛漫。凡人止好富麗
者，非好富麗，因其不能創異標新，舍富麗無所見
長，只得以此塞責。譬如人有新衣二件，試令兩人
服之，一則雅素而新奇，一則輝煌而平易，觀者之
目，注在平易乎？在新奇乎？錦繡綺羅，誰不知
貴，亦誰不見之？縞衣素裳，其製略新，則為眾目
所射，以其未嘗睹也。凡予所言，皆屬價廉工省之
事，即有所費，亦不及雕鏤粉藻之百一。且古語
云：「耕當問奴，織當訪婢。」予貧士也，僅識寒
酸之事。欲示富貴而以綺麗勝人，則有從前之舊制
在。

新制人所未見，即縷縷言之，亦難盡曉，勢必繪
圖作樣；然有圖所能繪，有不能繪者。不能繪者十
之九，能繪者不過十之一。因其有而會其無，是在
解人善悟耳。

向背

屋以面南為正向。然不可必得，則面北者宜虛其
後，以受南薰；面東者虛右，面西者虛左，亦猶是
也。如東西北皆無餘地，則開窗借天以補之。牖之
大者，可抵小門二扇；穴之高者，可敵低窗二扇，
不可不知也。

途徑

徑莫便於捷，而又莫妙於迂。凡有故作迂途以取
別致者，必另開耳門一扇，以便家人之奔走，急則

開之，緩則閉之，斯雅俗俱利，而理致兼收矣。

房舍忌似平原，須有高下之勢；不獨園圃為然，居宅亦應如是。前卑後高，理之常也；然地不如是，而強欲如是，亦病其拘。總有因地制宜之法：高者造屋，卑者建樓，一法也；卑處疊石為山，高處浚水為池，二法也；又有因其高而愈高之，豎閣磊峰於峻坡之上，因其卑而愈卑之，穿塘鑿井於下濕之區。總無一定之法，神而明之，存乎其人，此非可以遙授方略者矣。

高下

居宅無論精麤，總以能蔽風雨為貴。常有畫棟雕梁，瓊樓玉欄，而止可娛晴、不堪坐雨者，非失之太敞，則病於過峻。故柱不宜長，長為招雨之媒；窗不宜多，多為匿風之藪；務使虛實相半，長短得宜。又有貧士之家，房舍寬而餘地少，欲作深簷以障風雨，則苦於暗；欲置長牖以受光明，則慮在陰。劑其兩難，則有添置活簷一法。何為活簷？法於瓦簷之下，另設板棚一扇，置轉軸於兩頭，可撐可下。晴則反撐，使正面向下，以當簷外頂格；雨則正撐，使正面向上，以承簷溜；是我能用天而天不能窘我矣。

出簷深淺

精室不見椽瓦，或以板覆，或用紙糊，以掩屋

置頂格

上之醜態，名為「頂格」，天下皆然。予獨怪其法制未善。何也？常因屋高簷矮，意欲取平，遂抑高者就下，頂格一概齊簷，使高敞有用之區，委之不見不聞，以為鼠窟，良可慨也。亦有不忍棄此，竟以頂板貼椽，仍作屋形，高其中而卑其前後者，又不美觀，而病其呆笨。予為新制，以頂格為斗笠之形，可方可圓，四面皆下，而獨高其中。且無多費，仍是平格之板料，但令工匠畫定尺寸，旋而去之。如作圓形，則中間旋下一段是棄物矣，即用棄物作頂，升之於上，止增周圍一段豎板，長僅尺許，少者一層，多則二層，隨人所好，方者亦然。造成之後，若糊以紙，又可於豎板之上裱貼字畫，圓者類手卷，方者類冊葉，簡而文，新而妥，以質高明，必當取其有裨。○方者可用豎板作門，時開時閉，則當壁櫥四張，納無限器物於中，而不之覺也。

甃地

古人茅茨土階，雖崇儉樸，亦以法制未盡備也。惟幕天者可以席地，梁棟既設，即有階除，與戴冠者不可跣足，同一理也。且土不覆磚，嘗苦其濕，又易生塵。有用板作地者，又病其步履有聲，誼而不寂。以三和土甃地，築之極堅，使完好如石，最為豐儉得宜。而又有不便於人者，若和灰和土，不用鹽滷，則燥而易裂；用之發潮，又不利於天陰。

且磚可挪移，而甃成之土不可挪移，日後改遷，遂
成棄物，是又不宜用也。不若仍用磚鋪，止在磨與
不磨之間，別其豐儉，有力者磨之使光，無力者聽
其自糙。予謂極糙之磚，猶愈於極光之土。但能自
運機杼，使小者間大，方者合圓，別成文理，或作
冰裂，或肖龜紋，收牛溲馬渤入藥籠，用之得宜，
其價值反在參苓之上。此種調度，言之易而行之甚
難，僅存其說而已。

藏垢納污

欲營精潔之房，先設藏垢納污之地。何也？愛
精喜潔之士，一物不整齊，即如目中生刺，勢必去
之而後已。然一人之身，百工之所為備，能保物物
皆精乎？且如文人之手，刻不停批；繡女之躬，時
難罷刺。唾絨滿地，金屋為之不光；殘稿盈庭，精
舍因而欠好。是極韻之物，尚能使人不韻，況其他
乎？故必於精舍左右，另設小屋一間，有如複道，
俗名「套房」是也。凡有敗箋棄紙、垢硯禿毫之
類，卒急不能料理者，姑置其間，以俟暇時檢點。
婦人之閨閣亦然，殘脂剩粉無日無之，淨之將不勝
其淨也。此房無論大小，但期必備。如貧家不能辦
此，則以箱籠代之，案傍榻後皆可置。先有容拙之
地，而後能施其巧，此藏垢之不容已也。至於納污
之區，更不可少。凡人有飲即有溺，有食即有便，
如廁之時尚少，可於溷廁之外，不必另籌去路。至

於溺之為數，一日不知凡幾，若不擇地而遺，則淨土皆成糞壤，如或避潔就污，則往來僕僕，是率天下而路也。此為尋常好潔者言之。若夫文人運腕，每至得意疾書之際，機鋒一阻，則斷不可續。然而寢食可廢，便溺不可廢也。「官急不如私急」，俗不云乎？常有得句將書而阻於溺，及溺後覓之，杳不可得者；予往往驗之，故營此最急。當於書室之傍，穴牆為孔，嵌以小竹，使遺在內而流於外，穢氣罔聞，有若未嘗溺者，無論陰晴寒暑，可以不出戶庭。此予自為計者，而亦舉以示人，其無隱諱可知也。

窗欄第二

吾觀今世之人，能變古法為今制者，其惟窗欄二事乎？窗欄之制，日異月新，皆從成法中變出。「腐草為螢」，實具至理；如此則造物生人，不枉付心胸一片。但造房建宅，與置立窗軒同是一理，明於此而暗於彼，何其有聰明而不善擴乎？予往往自制窗欄之格，口授工匠使為之，以為極新極異矣；而偶至一處，見其已設者，先得我心之同然，因自笑為遼東白豕。獨房舍之制不然，求為同心甚少，門窗二物，新制既多，予不復贅，其又蹈白豕轍也。惟約略言之，以補時人之偶缺。

制體宜堅

窗欄以明透為先，欄杆以玲瓏為主。然此皆屬第

二義，其首重者，此在一字之堅，堅而後論工拙。嘗有窮工極巧以求盡善，乃不踰時而失頭墮趾，反類畫虎未成者，計其新而不計其舊也。總其大綱，則有二語：宜簡不宜繁，宜自然不宜雕斲。凡事物之理，簡斯可繼，繁則難久，順其性者必堅，戕其體者易壞。木之為器，凡合筍使就者，皆順其性以為之者也；雕刻使成者，皆戕其體而為之者也；一涉雕鏤，則腐朽可立待矣。故窗櫺欄杆之制，務使頭頭有筍，眼眼著撒。然頭眼過密，筍撒太多，又與雕鏤無異，仍是戕其體也，故又宜簡不宜繁。根數愈少愈佳；少則可堅；眼數愈密最貴，密則紙不易碎。然既少矣，又安能密？曰：此在制度之善，非可以筆舌爭也。窗欄之體，不出縱橫、欹斜、屈曲三項，請以蕭齋製就者，各圖一則以例之。

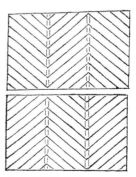

圖一：縱橫格

圖一：縱橫格

是格也，根數不多，而眼亦未嘗不密，是所謂頭頭有筍，眼眼著撒者，雅莫雅於此，堅亦莫堅於此矣。是從陳腐中變出，由此推之，則舊式可化為新者，不知凡幾。但取其簡者、堅者、自然者變之，事事以雕鏤為戒，則人工漸去而天巧自呈矣。

圖二：欹斜格 係欄

圖二：欹斜格 係欄

此格甚佳，為人意想所不到，因其平而有筍者，

圖三：屈曲體 係欄

可以著實，尖而無筍者，沒處生根故也。然賴有躲閃法，能令外似懸空，內偏著實，止須善藏其拙耳。當於尖木之後，另設堅固薄板一條，托於其後，上下投筍，而以尖木釘於其上，前看則無，後觀則有。其能幻有為無者，全在油漆時善於著色，如欄杆之本體用朱，則所托之板另用他色。他色亦不得泛用，當以屋內牆壁之色為色。如牆係白粉，此板亦作粉色；壁係青磚，此板亦肖磚色。自外觀之，止見朱色之紋，而與牆壁相同者，混然一色無所辨矣。至欄杆之內向者，又必另為一色，勿與外同，或青或藍，無所不可，而薄板向內之色，則當與之相合。自內觀之，又別成一種，文理較外尤可觀也。

圖三：屈曲體 係欄

此格最堅而又省費，名「桃花浪」，又名「浪裏梅」。曲木另造，花另造，俟曲木入柱投筍後，始以花塞空處，上下著釘，借此聯絡，雖有大力者撓之，不能動矣。花之內外，宜作兩種，一作桃，一作梅，所云「桃花浪」、「浪裏梅」是也。浪色亦忌雷同，或藍或綠，否則同是一色，而以深淺別之，使人一轉足之間，景色判然。是以一物幻為二物，又未嘗於平等材料之外，另費一錢。凡予所為，強半皆若是也

開窗莫妙於借景，而借景之法，予能得其三昧。向猶私之，乃今嗜痂者眾，將來必多依樣葫蘆，不若公之海內，使物物盡效其靈，人人均有其樂。但期於得意酣歌之頃，高叫笠翁數聲，使夢魂得以相傍，是人樂而我亦與焉，為願足矣。向居西子湖濱，欲購湖舫一隻，事事猶人，不求稍異，止以窗格異之。人詢其法，予曰：四面皆實，獨虛其中，而為「便面」之形。實者用板，蒙以灰布，勿露一隙之光；虛者用木作匡，上下皆曲而直其兩旁，所謂「便面」是也。純露空明，勿使有纖毫障翳。是船之左右，止有二便面，便面之外，無他物矣。坐於其中，則兩岸之湖光山色、寺觀浮屠、雲煙竹樹，以及往來之樵人牧豎、醉翁游女，連人帶馬，盡入便面之中，作我天然圖畫。且又時時變幻，不為一定之形。非特舟行之際，搖一櫓變一象，撐一篙換一景，即繫纜時，風搖水動，亦刻刻異形。是一日之內，現出百千萬幅佳山佳水，總以便面收之。而便面之制，又絕無多費，不過曲木兩條、直木兩條而已。世有擲盡金錢，求為新異者，其能新異若此乎？此窗不但娛己，兼可娛人；不特以舟外無窮之景色攝入舟中，兼可以舟中所有之人物，並一切几席杯盤射出窗外，以備來往遊人之玩賞。何也？以內視外，固是一幅便面山水；而從外視內，亦是一幅扇頭人物。譬如拉妓邀僧，呼朋聚友，與

之彈碁觀畫，分韻拈毫，或飲或歌，任眠任起，自外觀之，無一不同繪事。同一物也，同一事也，此窗未設以前，僅作事物觀；一有此窗，則不煩指點，人人俱作畫圖觀矣。夫扇面非異物也，肖扇面為窗，又非難事也。世人取象乎物，而為門為窗者，不知凡幾，獨留此眼前共見之物，棄而弗取，以待笠翁，詎非咄咄怪事乎？所恨有心無力，不能辦此一舟，竟成欠事。茲且移居白門，為西子湖之薄倖人矣。此願茫茫，其何能遂？不得已而小用其機，置此窗於樓頭，以窺鍾山氣色，然非創始之心，僅存其制而已。予又作觀山虛牖，名「尺幅窗」，又名「無心畫」，姑妄言之。浮白軒中，後有小山一座，高不踰丈，寬止及尋，而其中則有丹崖碧水，茂林修竹，鳴禽響瀑，茅屋板橋，凡山居所有之物，無一不備。蓋因善塑者肖予一像，神氣宛然，又因予號笠翁，顧名思義，而為把釣之形；予思既執綸竿，必當坐之磯上，有石不可無水，有水不可無山，有山有水，不可無笠翁息釣歸休之地，遂營此窟以居之。此山原為像設，初無意於為窗也。後見其物小而蘊大，有「須彌芥子」之義，盡日坐觀，不忍闔牖。乃瞿然曰：「是山也，而可以作畫；是畫也，而可以為窗，不過損予一日杖頭錢，為裝潢之具耳。」遂命童子裁紙數幅，以為畫之頭尾，及左右鑲邊。頭尾貼於窗之上下，鑲邊貼

於兩傍，儼然堂畫一幅，而但虛其中。非虛其中，欲以屋後之山代之也。坐而觀之，則窗非窗也，畫也；山非屋後之山，即畫上之山也。不覺狂笑失聲，妻孥群至，又復笑予所笑，而「無心畫」、「尺幅窗」之制，從此始矣。予又嘗取枯木數莖，置作天然之牖，名曰「梅窗」；生平制作之佳，當以此為第一。己酉之夏，驟漲滔天，久而不涸，齋頭淹死榴、橙各一株，伐而為薪，因其堅也，刀斧難入，臥於階除者纍日。予見其枝柯盤曲，有似古梅，而老榦又具盤錯之勢，似可取而為器者，因籌所以用之。是時棲雲谷中幽而不明，正思闢牖，乃幡然曰：「道在是矣！」遂語工師，取老榦之近直者，順其本來，不加斧鑿，為窗之上下兩傍，是窗之外廓具矣。再取枝柯之一面盤曲、一面稍平者，分作梅樹兩株，一從上生而倒垂，一從下生而仰接，其稍平之一面則略施斧斤，去其皮節而向外，以便糊紙；其盤曲之一面，則匪特盡全其天，不稍戕斲，並疏枝細梗而留之。既成之後，剪綵作花，分紅梅、綠萼二種，綴於疏枝細梗之上，儼然活梅之初著花者。同人見之，無不叫絕。予之心思，訖於此矣。後有所作，當亦不過是矣。

　便面不得於舟，而用於房舍，是屈事矣。然有移天換日之法在，亦可變昨為今，化板成活，俾耳目之前，刻刻似有生機飛舞，是亦未嘗不妙，止費

我一番籌度耳。予性最癖，不喜盆內之花，籠中之鳥，缸內之魚，及案上有座之石，以其局促不舒，令人作囚鸞縶鳳之想。故盆花自幽蘭、水仙而外，未嘗寓目；鳥中之畫眉，性酷嗜之，然必另出己意而為籠，不同舊制，務使不見拘囚之跡而後已。自設便面以後，則生平所棄之物，盡在所取。從來作便面者，凡山水人物、竹石花鳥以及昆蟲，無一不在所繪之內，故設此窗於屋內，必先於牆外置板，以備成物之用。一切盆花籠鳥、蟠松怪石，皆可更換置之。如盆蘭吐花，移之窗外，即是一幅便面幽蘭；盆菊舒英，納之牖中，即是一幅扇頭佳菊。或數日一更，或一日一更；即一日數更，亦未嘗不可。但須遮蔽下段，勿露盆盎之形。而遮蔽之物，則莫妙於零星碎石。是此窗家家可用，人人可辦，詎非耳目之前第一樂事？得意酣歌之頃，可忘作始之李笠翁乎？

此湖舫式也，不獨西湖，凡居名勝之地，皆可用之。但便面止可觀山臨水，不能障雨蔽風，是又宜籌退步，以補前說之不逮。退步云何？外設推板，可開可闔，此易為之事也。但純用推板，則幽而不明；純用明窗，又與扇面之制不合，須以板內嵌窗之法處之，其法維何？曰：即仿「梅窗」之制，以製窗櫺。亦備其式於右。

圖四：便面窗外推板裝花式

四圍用板者，既取其堅，又省製櫺裝花人工之半也。中作花樹者，不失扇頭圖畫之本色也。用直櫺間於其中者，無此則花樹無所倚靠，即勉強為之，亦浮脆而難久也。櫺不取直而作欹斜之勢，又使上寬下窄者，欲肖扇面之折紋；且小者可以獨扇，大則必分雙扇，其中間合縫處，糊紗糊紙，無直木以界之，則紗與紙無所依附故也。若是則櫺與花樹縱橫相雜，不幾涇渭難分而求工反拙乎？曰：不然。有兩法蓋藏，勿慮也。花樹粗細不一，其勢莫妙於參差，櫺則極勻而又貴乎極細，須以極堅之木為之，一法也。油漆並著色之時，櫺用白粉，與糊窗之紗紙同色，而花樹則繪五彩，儼然活樹生花，又一法也。若是涇渭自分，而便面與花判然有別矣。梅花止備一種，此外或花或鳥，但取簡便者為之，

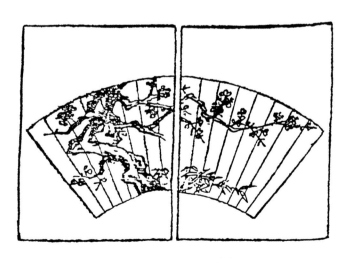

圖四：便面窗外推板裝花式

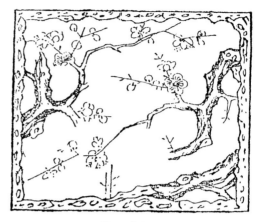

圖五：梅窗

勿拘一格。惟山水人物必不可用。○板與花櫺俱另製，製就花櫺，而後以板鑲之。即花與櫺亦難合造，須使花自花而櫺自櫺，先分後合；其連接處，各損少許以就之，或以釘釘，或以膠黏，務期可久。

圖五：梅窗

製此之法，總論已備之矣，其略而不詳者，止有取老榦作外廓一事。外廓者，窗之四面，即上下兩旁是也。若以整木為之，則向內者古樸可愛，而向外一面，屈曲不平，以之著牆，勢難貼伏。必取整木一段，分中鋸開，以有鋸路者著牆，天然未斫者向內，則天巧人工，俱有所用矣。

牆壁第三

「峻宇雕牆」，「家徒壁立」，昔人貧富，皆於牆壁間辨之。故富人潤屋，貧士結廬，皆自牆壁始。

牆壁者，內外攸分，而人我相半者也。俗云：「一家築牆，兩家好看」。居室器物之有公道者，惟牆壁一種，其餘一切皆為我之學也。然國之宜固者城池，城池固而國始固；家之宜堅者牆壁，牆壁堅而家始堅。其實為人即是為己，人能以治牆壁之一念治其身心，則無往而不利矣。人笑予止務閒情，不喜談禪講學，故偶為是說以解嘲，未審有當於理學名賢及善知識否也。

界牆者，人我公私之畛域，家之外廓是也。莫妙於亂石壘成，不限大小方圓之定格，壘之者人工，而石則造物生成之本質也。其次則為石子。石子亦係生成，而次於亂石者，以其有圓無方，似執一見，雖屬天工，而近於人力故耳。然論二物之堅固，亦復有差；若云美人入畫，則彼此兼擅其長矣。此惟傍山鄰水之處得以有之，陸地平原，知其美而不能致也。予見一老僧建寺，就石工斧鑿之餘，收取零星碎石幾及千擔，壘成一壁，高廣皆過十仞，嶙峋巉絕，光怪陸離，大有峭壁懸崖之致。此僧誠韻人也，迄今三十餘年，此壁猶時時入夢，其繫人思念可知。磚砌之牆，乃八方公器，其理其法，是人皆知，可以置而弗道。至於泥牆土壁，貧富皆宜，極有蕭疏雅淡之致，惟怪其跟腳過肥，收頂太窄，有似尖山，又且或進或出，不能如磚牆一截而齊，此皆主人監督之不善也。若以

87

砌磚牆掛線之法，先定高低出入之痕，以他物建標於外，然後以築板因之，則有旆牆粉堵之風，而無敗壁頹垣之象矣。

女牆

《古今注》云：「女牆者，城上小牆。一名睥睨，言於城上窺人也。」予以私意釋之，此名甚美，似不必定指城垣，凡戶以內之及肩小牆，皆可以此名之。蓋女者，婦人未嫁之稱，不過言其纖小，若定指城上小牆，則登城禦敵，豈婦人女子之事哉？至於牆上嵌花或露孔，使內外得以相視，如近時園圃所築者，益可名為女牆，蓋仿睥睨之制而成者也。其法窮奇極巧，如《園冶》所載諸式，殆無遺義矣。但須擇其至穩極固者為之，不則一磚偶動，則全壁皆傾，往來負荷者，保無一時誤觸之患乎？壞牆不足惜，傷人實可慮也。予謂自頂及腳皆砌花紋，不惟極險，亦且大費人工。其所以洞徹內外者，不過使代琉璃屏，欲人窺見室家之好耳。止於人眼所矚之處，空二三尺，使作奇巧花紋，其高乎此及卑乎此者，仍照常實砌，則為費不多，而又永無誤觸致崩之患。此豐儉得宜，有利無害之法也。

廳壁

廳壁不宜太素，亦忌太華。名人尺幅，自不可少，但須濃淡得宜，錯綜有致。予謂裱軸不如實貼；軸慮風起動搖，損傷名蹟，實貼則無是患，且

覺大小咸宜也。實貼又不如實畫：「何年顧虎頭，滿壁畫滄洲。」自是高人韻事。予齋頭偶仿此制，而又變幻其形，良朋至止，無不耳目一新，低徊留之不能去者。因予性嗜禽鳥，而又最惡樊籠，二事難全，終年搜索枯腸，一悟遂成良法。乃於廳旁四壁，倩四名手，盡寫著色花樹，而繞以雲煙，即以所愛禽鳥，蓄於虯枝老幹之上。畫止空跡，鳥有實形，如何可蓄？曰：不難，蓄之須自鸚鵡始。從來蓄鸚鵡者必用銅架，即以銅架去其三面，止存立腳之一條，並飲水啄粟之二管。先於所畫松枝之上，穴一小小壁孔，後以架鸚鵡者插入其中，務使極固，庶往來跳躍，不致動搖。松為著色之松，鳥亦有色之鳥，互相映發，有如一筆寫成。良朋至止，仰觀壁畫，忽見枝頭鳥動，葉底翎張，無不色變神飛，詫為仙筆，乃驚疑未定，又復載飛載鳴，似欲翱翔而下矣。諦觀熟視，方知個裏情形，有不抵掌叫絕而稱巧奪天工者乎？若四壁盡蓄鸚鵡，又忌雷同，勢必間以他鳥。鳥之善鳴者，推畫眉第一，然鸚鵡之籠可去，畫眉之籠不可去也，將奈之何？予又有一法：取樹枝之拳曲似籠者，截取一段，密者聽其自如，疏者網以鐵線，不使太疏，亦不使太密，總以不致飛脫為主。蓄畫眉於中，插之亦如前法。此聲方歇，彼喙復開；翠羽初收，丹睛復轉。因禽鳥之善鳴善啄，覺花樹之亦動亦搖；流水不鳴

而似鳴，高山是寂而非寂。坐客別去者，皆作殷浩
書空，謂咄咄怪事無有過此者矣。

人無貴賤，家無貧富，飲食器皿皆有必需。「一人之身，百工之所為備。」子輿氏嘗言之矣。至於玩好之物，惟富貴者需之，貧賤之家，其制可以不問。然而粗用之物，制度果精，入於王侯之家，亦可同乎玩好；寶玉之器，磨礱不善，傳於子孫之手，貨之不值一錢。知精粗一理，即知富貴貧賤同一致也。予生也賤，又罹奇窮，珍物寶玩雖云未嘗入手，然經寓目者頗多。每登榮膴之堂，見其輝煌錯落者星布棋列，此心未嘗不動，亦未嘗隨見隨動，因其材美而取材以制用者未盡善也。至入寒儉之家，睹彼以柴為扉，以甕作牖，大有黃虞三代之風，而又怪其純用自然，不加區畫。如甕可為牖也，取甕之碎裂者聯之，使大小相錯，則同一甕也，而有哥窯冰裂之紋矣；柴可為扉也，取柴之入畫者為之，使疏密中窾，則同一扉也，而有農戶儒門之別矣。人謂變俗為雅，猶之點鐵成金，惟具山林經濟者能此，烏可責之一切？予曰：疊雪成獅，伐竹為馬，三尺童子皆優為之，豈童子亦抱經濟乎？有耳目即有聰明，有心思即有智巧，但苦自畫為愚，未嘗竭思窮慮以試之耳。

几案

予初觀《燕几圖》，服其人之聰明什佰於我，因自置無力，遍求置此者，訊其果能適用與否，卒之未得其人。夫我竭此大段心思，不可不謂經營慘

澹，而人莫之則效者，其故何居？以其太涉繁瑣，而且無此極大之屋，盡列其間，以觀全勢故也。凡人制物，務使人人可備，家家可用，始為布帛菽粟之才，不則售冕旒而沽玉食，難乎其為購者矣。故予所言，務舍高遠而求卑近。几案之設，予以乏材無資，尚未經營及此。但思欲置几案，其中有三小物必不可少。一曰抽替，此世所原有者也，然多忽略其事，而有設有不設。不知此一物也，有之斯逸，無此則勞，且可藉為容懶藏拙之地。文人所需如簡牘刀錐、丹鉛膠糊之屬，無一可少，雖曰司之有人，藏之別有其處，究竟不能隨取隨得，役之如左右手也。予性卞急，往往呼童不至，即自任其勞。書室之地，無論遠迂捷，總以舉足為煩，若抽替一設，則凡卒急所需之物，盡納其中，非特取之如寄，且若有神物俟乎其中，以聽主人之命者。至於廢稿殘牘，有如落葉飛塵，隨掃隨有，除之不盡，頗為明窗淨几之累，亦可暫時藏納，以俟祝融，所謂容懶藏拙之地是也。知此則不獨書案為然，即撫琴觀畫，供佛延賓之座，俱應有此。一事有一事之需，一物備一物之用。《詩》云：「童子佩觽」，《魯論》云：「去喪無所不佩」。人身且然，況為器乎？一曰隔板，此予所獨置也。冬月圍爐，不能不設几席；火氣上炎，每致桌面檯心為之碎裂，不可不預為計也。當於未寒之先，另設活板一

塊，可用可去，襯於桌面之下，或以繩懸，或以鉤掛，或於造桌之時，先作機彀以待之，使之待受火氣，焦則另換，為費不多。此珍惜器具之婆心，慮其暴殄天物，以惜福也。一曰桌撒。此物不用錢買，但於匠作揮斤之際，主人費啟口之勞，僮僕用舉手之力，即可取之無窮，用之不竭。從來几案與地不能兩平，挪移之時必相高低長短，而為桌撒，非特尋磚覓瓦時費辛勤，而且相稱為難，非損高以就低，即截長而補短，此雖極微極瑣之事，然亦同於臨渴鑿井，天下古今之通病也，請為世人藥之。凡人興造之際，竹頭木屑，何地無之？但取其長不踰寸，寬不過指，而一頭極薄，一頭稍厚者，拾而存之，多多益善，以備挪檯撒腳之用。如檯腳所虛者少，則止入薄者，而留其有餘者於腳外，不則盡數入之。是止一寸之木，而備高低長短數則之用，又未嘗費我一錢，豈非極便於人之事乎？但須加以油漆，勿露竹頭木屑之本形。何也？一則使之與桌同色，雖有若無；一則恐童子掃地之時，不能記憶，仍謬認為竹頭木屑而去之，勢必朝朝更換，將亦不勝其煩，加以油漆，則知為有用之器而存之矣。只此極細一著，而有兩意存焉，況大者乎？勞一人以逸天下，予非無功於世者也。

椅杌

器之坐者有三：曰椅、曰杌、曰凳。三者之制，以時論之，今勝於古；以地論之，北不如南。維揚之木器，姑蘇之竹器，可謂甲於古今，冠乎天下矣，予何能贅一詞哉！但有二法未備，予特創而補之，一曰暖椅，一曰涼杌。予冬月著書，身則畏寒，硯則苦凍，欲多設盆炭，使滿室俱溫，非止所費不貲，且几案易於生塵，不終日而成灰燼世界，若止設大小二爐以溫手足，則厚於四肢而薄於諸體，是一身而自分冬夏，並耳目心思，亦可自號孤臣孽子矣。計萬全而籌盡適，此暖椅之制所由來也。製法列於圖後。一物而充數物之用，所利於人者，不止禦寒而已也。盛暑之月，流膠鑠金，以手按之，無物不同湯火，況木能生此者乎？涼杌亦同他杌，但杌面必空其中，有如方匣，四圍及底，俱以油灰嵌之，上覆方瓦一片。此瓦須向窯內定燒，江西福建為最，宜興次之，各就地之遠近，約同志數人，斂出其資，倩人攜帶，為費亦無多也。先汲涼水貯杌內，以瓦蓋之，務使下面著水，其冷如冰，熱復換水，水止數瓢，為力亦無多也。其不為椅而為杌者，夏月少近一物，少受一物之暑氣，四面無障，取其透風；為椅則上段之料勢必用木，兩脅及肩，又有物以障之，是止顧一臀而周身皆不問矣。此制易曉，圖說皆可不備。

　　造櫥立櫃，無他智巧，總以多容善納為貴。嘗有制體極大而所容甚少，反不若渺小其形而寬大其腹，有事半功倍之勢者，制有善不善也。善制無他，止在多設擱板。櫥之大者，不過兩層、三層，至四層而止矣。若一層止備一層之用，則物之高者大者容此數件，而低者小者亦止容此數件矣。實其下而虛其上，豈非以上段有用之際，置之無用之地哉？當於每層之兩旁，別釘細木二條，以備架板之用。板勿太寬，或及進身之半，或三分之一，用則活置其上，不則撤而去之。如此層所貯之物，其形低小，則上半截皆為餘地，即以此板架之，是一層變為二層，總而計之，則一櫥變為兩櫥，兩櫃合成一櫃矣，所裨不亦多乎？或所貯之物，其形高大，則去而容之，未嘗為板所困也。此是一法。至於抽替之設，非但必不可少，且自多多益善。而一替之內，又必分為大小數格，以便分門別類，隨所有而藏之，譬如生藥鋪中，有所謂「百眼櫥」者；此非取法於物，乃朝廷設官之遺制，所謂五府六部群僚百執事，各有所居之地與所掌之簿書錢穀是也。醫者若無此櫥，藥石之名盈千纍百，用一物尋一物，則盧醫、扁鵲無暇療病，止能為刻舟求劍之人矣。此櫥不但宜於醫者，凡大家富室，皆當則而效之，至學士文人，更宜取法。能以一層分作數層，一格畫為數格，是省取物之勞，以備作文著書之用。則

95

思之思之，鬼神通之；心無他役，而鬼神得效其靈矣。

箱籠篋笥

隨身貯物之器，大者名曰箱籠，小者稱為篋笥。制之之料，不出革、木、竹三種；為之關鍵者，又不出銅鐵二項，前人所制亦云備矣。後之作者，未嘗不竭盡心思，圖為奇巧，總不出前人之範圍；稍出範圍即不適用，僅供把玩而已。予於諸物之體，未嘗稍更，獨怪其樞紐太庸，物而不化，嘗為小變其制，亦足改觀。法無他長，惟使有之若無，不見樞紐之跡而已。止備二式者，腹稿雖多，未經嘗試，不敢以待驗之方誤人也。予遊東粵，見市廛所列之器，半屬花梨、紫檀，製法之佳，可謂窮工極巧，止怪其鑲銅裹錫，清濁不倫。無論四面包鑲，鋒稜埋沒，即於加鎖置鍵之地，務設銅樞，雖云制法不同，究竟多此一物。譬如一箱也，磨礱極光，照之如鏡，鏡中可使著屑乎？一笥也，攻治極精，撫之如玉，玉上可使生瑕乎？有人贈我一器，名「七星箱」，以中分七格，每格一替，有如星列故也。外係插蓋，從上而下者。喜其不釘銅樞，尚未生瑕著屑，因籌所以關閉之。遂付工人，命於中心置一暗囊，以銅為之，藏於骨中而不覺，自後而前，抵於箱蓋。蓋上鑿一小孔，勿透於外，止受暗囊少許，使抽之不動而已。乃以寸金小鎖，鎖於箱

後。置之案上，有如渾金粹玉，全體昭然，不為一物所掩。覓關鍵而不得，似於無鎖；窺中藏而不能，始求用鑰。此其一也。後游三山，見所製器皿無非雕漆，工則細巧絕倫，色則陸離可愛，亦病其設關置鍵之地，難免贅瘤，以語工師，令其稍加變易。工師曰：「吾地般、倕頗多，如其可變，不自今日始矣。欲泯其跡，必使無關鍵而後可。」予曰：「其然，豈其然乎？」因置暖椅告成，欲增一匣置於其上，以伐几案，遂使為之。上下四旁，皆聽工人自為雕漆，俟其成後，就所雕景物而區畫之：前面有替可抽者，所雕係「博古圖」，鑴壘鐘磬之屬是也；後面無替而平者，係折枝花卉，蘭菊竹石是也。皆備五彩，視之光怪陸離。但抽替太闊，開閉時多不合縫，非左進右出，即右進左出。予顧而籌之，謂必一法可當二用，既泯關鍵之跡，又免出入之疵，使適用美觀均收其利而後可。乃命工人亦製銅𤩹一條，貫於抽替之正中，而以薄板掩之，此板即作分中之界限。夫一替分為二格，乃物理之常，烏知有一物焉貫於其中，為前後通身之把握哉？得此一物貫於其中，則抽替之出入，皆直如矢，永無左出右入、右出左入之患矣。前面所雕「博古圖」，中係三足之鼎，列於兩旁者一瓶一爐。予鼓掌大笑曰：「『執柯伐柯，其則不遠。』即以其人之道，反治其身足矣！」遂付銅工，令依三

物之成式，各制其一，釘於本等物色之上，鼎與爐瓶，皆銅器也；尚欲肖其形與色而為之，況真者哉？不問而知其酷似矣。鼎之中心穴一小孔，置二小鈕於旁，使抽替閉足之時，銅鐶自內而出，與鈕相平。鐶與鈕上俱有眼，加以寸金小鎖，似鼎上原有之物，雖增而實未嘗增也。鎖則鎖矣，抽開之時，手執何物？不幾便於入而窮於出乎？曰：不然。瓶爐之上原當有耳，加以銅圈二枚，執此為柄，抽之不煩餘力矣。此區畫正面之法也。銅鐶既從內出，必在後面生根，未有不透出本匣之背者，是銅皮一塊與聯絡補綴之痕，俱不能泯矣。烏知又有一法，為天授而非人力者哉！所雕諸卉，菊在其中，菊色多黃，與銅相若，即以銅皮數層，剪千葉菊花一朵，以暗鐶之透出者穿入其中，膠之甚固，若是則根深蒂固，誰得而動搖之？予於此一物也，純用天工，未施人巧，若有鬼物伺乎其中，乞靈於我，為開生面者。制之既成，工師告予曰：「八閩之為雕漆，數百年於茲矣，四方之來購此者，亦百千萬億其人矣，從未見創法立規有如今日之奇巧者，請衍此法，以廣其傳。」予曰：「姑遲之，俟新書告成，流布未晚。竊恐世人先睹其物而後見其書，不知創自何人，反謂剿襲成功以為己有，鉅非不白之冤哉？」工師為誰？魏姓，字蘭如；王姓，字孟明。閩省雕漆之佳，當推二人第一。自不操

斤，但善於指使，輕財尚友，雅人也。

茗注莫妙於砂壺；砂壺之精者，又莫過於陽羨，是人而知之矣。然寶之過情，使與金銀比值，無乃仲尼不為之已甚乎？置物但取其適用，何必幽渺其說，必至理窮義盡而後止哉！凡製茗壺，其嘴務直，購者亦然，一曲便可憂，再曲則稱棄物矣。蓋貯茶之物與貯酒不同，酒無渣滓，一斟即出，其嘴之曲直可以不論；茶則有體之物也，星星之葉，入水即成大片，斟瀉之時，纖毫入嘴，則塞而不流。啜茗快事，斟之不出，大覺悶人。直則保無是患矣，即有時閉塞，亦可疏通，不似武夷九曲之難力導也。

貯茗之瓶，止宜用錫。無論磁銅等器，性不相能；即以金銀作供，寶之適以祟之耳。但以錫作瓶者，取其氣味不洩；而製之不善，其無用更甚於磁瓶。詢其所以然之故，則有二焉：一則以製成未試，漏孔繁多。凡錫工製酒壺茶注等物，於其既成，必以水試，稍有滲漏，即加補葺，以其為貯茶貯酒而設，漏即無所用之矣；一到收藏乾物之器，即忽視之，猶木工造盆造桶則防漏，置斗置斛則不防漏，其情一也。烏知錫瓶有眼，其發潮洩氣，反倍於磁瓶，故製成之後，必加親試，大者貯之以水，小者吹之以氣，有纖毫漏隙，立督補成。試之

又必須二次，一在將成未鏇之時，一在已成既鏇之後。何也？常有初時不漏，迨鏇去錫時，打磨光滑之後，忽然露出細孔，此非屢驗諦視者不知。此為淺人道也。一則以封蓋不固，氣味難藏。凡收藏香美之物，其加嚴處全在封口，封口不密，與露處同。吾笑世上茶瓶之蓋，必用雙層，此制始於何人？可謂七竅俱蒙者矣。單層之蓋，可於蓋內塞紙，使剛柔互效其力；一用夾層，則止靠剛者為力，無所用其柔矣。塞滿細縫，使之一線無遺，豈剛而不善屈曲者所能為乎？即靠外面糊紙，而受紙之處又在崎嶇凹凸之場，勢必剪碎紙條，作蓑衣樣式，始能貼服。試問以蓑衣覆物，能使內外不通風乎？故錫瓶之蓋，止宜厚不宜雙。藏茗之家，凡收藏不即開者，於瓶口向上處，先用綿紙二三層，實褙封固，俟其既乾，然後覆之以蓋，則剛柔並用，永無洩氣之時矣。其時開時閉者，則於蓋內塞紙一二層，使香氣閉而不洩。此貯茗之善策也。若蓋用夾層，則向外者宜作兩截，用紙束腰，其法稍便。然封外不如封內，究竟以前說為長。

酒具

酒具用金銀，猶妝奩之用珠翠，皆不得已而為之，非宴集時所應有也。富貴之家，犀則不妨常設，以其在珍寶之列，而無炫耀之形，猶仕宦之不飾觀瞻者。象與犀同類，則有光芒太露之嫌矣。且美酒入犀杯，

另是一種香氣。唐句云：「玉碗盛來琥珀光。」玉能顯色，犀能助香，二物之於酒，皆功臣也。至尚雅素之風，則磁杯當首重已。舊磁可愛，人盡知之，無如價值之昂，日甚一日，盡為大力者所有，吾儕貧士，欲見為難。然即有此物，但可作古董收藏，難充飲器。何也？酒後擎杯，不能保無墜落，十損其一，則如雁行中斷，不復成群。備而不用，與不備同。貧家得以自慰者，幸有此耳。然近日冶人，工巧百出，所製新磁，不出成、宣二窯下，至於體式之精異，又復過之。其不得與舊窯爭值者，多寡之分耳。吾怪近時陶冶，何不自愛其力，使日作一杯，月製一盞，世人需之不得，必待善價而沽，其利與多製濫售等也，何計不出此？曰：不然。我高其技，人賤其能，徒讓壟斷於捷足之人耳。

碗莫精於建窯，而苦於太厚。江右所製者，雖竊建窯之名，而美觀實出其上，可謂青出於藍者矣。其次則論花紋；然花紋太繁，亦近鄙俗，取其筆法生動，顏色鮮豔而已。碗碟中最忌用者，是有字一種，如寫《前赤壁賦》、《後赤壁賦》之類。此陶人造孽之事，購而用之者，獲罪於天地神明不淺。請述其故。「惜字一千，延壽一紀。」此文昌垂訓之詞。雖云未必果驗，然字畫出於聖賢，蒼頡造字而鬼夜哭，其關乎氣數，為天地神明所寶惜可知

也。用有字之器，不為損福，但用之不久而損壞，勢必傾委作踐，有不與造孽陶人中分其咎者乎？陶人但司其成，未見其敗，似彼罪猶可原耳。字紙委地，遇惜福之人，則收付祝融，因其可焚而焚之也。至於有字之廢碗，堅不可焚，一似入火不熱入水不濡之神物。因其壞而不壞，遂至傾而又傾，道旁見者，雖有惜福之念，亦無所施，有時拋入街衢，遭千萬人之踐踏，有時傾入混廁，受千百載之欺凌，文字之禍，未有甚於此者。吾願天下之人，盡以惜福為念，凡見有字之碗，即生造孽之慮。買者相戒不取，則賣者計窮；賣者計窮，則陶人視為畏途而弗造矣。文字之禍，其日消乎？此猶救弊之末著。倘有惜福縉紳，當路於江右者，出嚴檄一紙，遍諭陶人，使不得於碗上作字，無論《赤壁》等賦不許書磁，即成化、宣德年造，及某齋某居等字，盡皆削去。試問有此數字，果得與成窯宣窯比值乎？無此數字，較之常值，增減半文乎？有此無此，其利相同，多此數筆，徒造千百年無窮之孽耳。制撫藩臬，以及守令諸公，盡是斯文宗主，宦豫章者，急行是令，此千百年未造之福，留之以待一人。時哉時哉，乘之勿失！

箋簡　　箋簡之制，由古及今，不知幾千萬變。自人物器玩，以迄花鳥昆蟲，無一不肖其形，無日不新其

式，人心之巧，技藝之工，至此極矣。予謂巧則誠巧，工則至工，但其構思落筆之初，未免馳高騖遠，舍最近者不思，而遍索於九天之上、八極之內，遂使光燦陸離者總成贅物，與書牘之本事無干。予所謂至近者非他，即其手中所製之箋簡是也。既名箋簡，則「箋簡」二字中便有無窮本義。魚書雁帛而外，不有竹刺之式可為乎？書本之形可肖乎？卷冊便面，錦屏繡軸之上，非染翰揮毫之地乎？石壁可以留題，蕉葉曾經代紙，豈竟未之前聞而為予之臆說乎？至於蘇蕙娘所織之錦，又後人思之慕之，欲書一字於其上而不可復得者也。我能肖諸物之形似為箋，則箋上所列，皆題詩作字之料也。還其固有，絕其本無，悉是眼前韻事，何用他求？已命奚奴逐款製就，售之坊間，得錢付梓人，仍備剞劂之用，是此後生生不已，其新人見聞，快人揮灑之事，正未有艾。即呼予為薛濤幻身，予亦未嘗不受，蓋鬚眉男子之不傳，有愧於知名女子者正不少也。已經製就者，有韻事箋八種，織錦箋十種。韻事者何？題石、題軸、便面、書卷、剖竹、雪蕉、卷子、冊子是也。錦紋十種，則盡仿迴文織錦之義，滿幅皆錦，止留縠紋缺處代人作書，書成之後，與織就之迴文無異。十種錦紋各別，作書之地亦不雷同。慘澹經營，事難縷述，海內名賢欲得者，倩人向金陵購之。是集內種種新式，未能悉走

寰中，借此一端，以陳大概。售箋之地，即售書之地，凡予生平著作，皆萃於此。有嗜痂之癖者，貿此以去，如偕笠翁而歸。千里神交，全賴乎此。只今知已遍天下，豈盡謀面之人哉？

是集中所載諸新式，聽人效而行之；惟箋帖之體裁，則令奚奴自製自售，以代筆耕，不許他人翻梓。已經傳札布告，誡之於初矣。倘仍有壟斷之豪，或照式刊行，或增減一二，或稍變其形，即以他人之功冒為己有，食其利而抹煞其名者，此即中山狼之流亞也。當隨所在之官司而控告焉，伏望主持公道。至於倚富恃強，翻刻湖上笠翁之書者，六合以內，不知凡幾。我耕彼食，情何以堪？誓當決一死戰，布告當事，即以是集為先聲。總之天地生人，各賦以心，即宜各生其智，我未嘗塞彼心胸，使之勿生智巧，彼焉能奪吾生計，使不得自食其力哉！

位置第二

器玩未得，則講購求；及其既得，則講位置。位置器玩與位置人才，同一理也。設官授職者，期於人地相宜；安器置物者，務在縱橫得當。設以刻刻需用者而置之高閣，時時防壞者而列於案頭，是猶理繁治劇之材，處清靜無為之地；黼黻皇猷之品，作驅馳孔道之官。有才不善用，與空國無人等也。他如方圓曲直，齊整參差，皆有就地立局之方，因

時制宜之法。能於此等處展其才略，使人入其戶登其堂，見物物皆非苟設，事事具有深情，非特泉石勳猷於此足徵全豹，即論廟堂經濟，亦可微見一斑。未聞有顛倒其家而能整齊其國者也。

「鑪列古玩，切忌排偶。」此陳說也。予生平恥拾唾餘，何必更蹈其轍。但排偶之中，亦有分別，有似排非排，非偶是偶，又有排偶其名而不排偶其實者。皆當疏明其說，以備講求。如天生一日，復生一月，似乎排矣，然二曜出不同時，且有極明微明之別，是同中有異，不得竟以排比目之矣。所忌乎排偶者，謂其有意使然，如左置一物，右無一物以配之，必求一色相俱同者與之相並，是則非偶而是偶，所當急忌者矣。若夫天生一對，地生一雙，如雌雄二劍，鴛鴦二壺，本來原在一處者，而我必欲分之，以避排偶之跡，則亦矯揉執滯，大失物理人情之正矣。即避排偶之跡，亦不必強使分開，或比肩其形，或連環其勢，使二物合成一物，即排偶其名，而不排偶其實矣。大約擺列之法忌作八字形，二物並列不分前後，不爽分寸者是也；忌作四方形，每角一物，勢如小菜碟者是也，忌作梅花體，中置一大物，周遭以小物是也；餘可類推。當行之法，則與時變化，就地權宜，視形體為縱橫曲直，非可預設規模者也。如必欲強拈一二，若三物

相俱，宜作品字形，或一前二後，或一後二前，或左一右二，或右一左二，皆謂錯綜；若以三者並列，則犯排矣。四物相共，宜作心字及火字格，擇一或高或長者為主，餘前後左右列之，但宜疏密斷連，不得均勻配合，是謂參差；若左右各二，不使單行，則犯偶矣。此其大略也，若夫潤澤之，則在雅人君子。

貴活變

幽齋陳設，妙在日異月新。若使古董生根，終年匏繫一處，則因物多腐象，遂使人少生機，非善用古玩者也。居家所需之物，惟房舍不可動移，此外皆當活變。何也？眼界關乎心境，人欲活潑其心，先宜活潑其眼。即房舍不可動移，亦有起死回生之法。譬如造屋數進，取其高卑廣隘之尺寸不甚相懸者，授意匠工，凡作窗櫺門扇，皆同其寬窄而異其體裁，以便交相更替。同一房也，以彼處門窗挪入此處，便覺耳目一新，有如房舍皆遷者；再入彼屋，又換一番境界，是不特遷其一，且遷其二矣。房舍猶然，況器物乎？或卑者使高，或遠者使近，或一物別之既久而使一旦相親，或數物混處多時而使忽然隔絕，是無情之物變為有情，若有悲觀離合於其間者。但須左之右之，無不宜之，則造物在手而臻化境矣。人謂朝東夕西，往來僕僕，何許子之不憚煩乎？予曰：陶士行之運甓，視此猶煩，未有

笑其多事者；況古玩之可親，猶勝於嬖，樂此者不覺其疲，但不可為飽食終日無所用心者道。

　　古玩中香爐一物，其體極靜，其用又妙在極動，是當一日數遷其位，片刻不容膠柱者也。人問其故，予以風帆喻之。舟中所掛之帆，視風之斜正為斜正，風從左而帆向右，則舟不進而且退矣。位置香爐之法亦然。當由風力起見，如一室之中有南北二牖，風從南來，則宜位置於正南，風從北入，則宜位置於正北，若風從東南或從西北，則又當位置稍偏，總以不離乎風者近是。若反風所向，則風去香隨，而我不沾其味矣。又須啟風來路，塞風去路，如風從南來而洞開北牖，風從北至而大闢南軒，皆以風為過客，而香亦傳舍視我矣。須知器玩之中，物物皆可使靜，獨香爐一物，勢有不能。「愛之能勿勞乎？」待人之法也，吾於香爐亦云。

飲饌部
蔬食第一

　　吾觀人之一身，眼耳鼻舌，手足軀骸，件件都不可少。其儘可不設而必欲賦之，遂為萬古生人之累者，獨是口腹二物。口腹具，而生計繁矣；生計繁，而詐偽奸險之事出矣；詐偽奸險之事出，而五刑不得不設。君不能施其愛育，親不能遂其恩私，造物好生，而亦不能不逆行其志者，皆當日賦形不善，多此二物之累也。草木無口腹，未嘗不生；山石土壤無飲食，未聞不長養。何事獨異其形，而賦以口腹？即生口腹，亦當使如魚蝦之飲水，蜩螗之吸露，儘可滋生氣力，而為潛躍飛鳴。若是則可與世無求，而生人之患熄矣。乃既生以口腹，又復多其嗜欲，使如谿壑之不可厭。多其嗜欲，又復洞其底裏，使如江海之不可填。以致人之一生，竭五官百骸之力，供一物之所耗而不足哉！吾反覆推詳，不能不於造物是咎。亦知造物於此，未嘗不自悔其非，但以制定難移，只得終遂其過。甚矣！作法慎初，不可草草定制。吾輯是編而謬及飲饌，亦是可已不已之事。其止崇儉嗇，不導奢靡者，因不得已而為造物飾非，亦當慮始計終，而為庶物弭患。如逞一己之聰明，導千萬人之嗜欲，則匪特禽獸昆蟲無噍類，吾慮風氣所開，日甚一日，焉知不有易牙復出，烹子求榮，殺嬰兒以媚權奸，如亡隋故事者哉！一誤豈堪再誤，吾不敢不以賦形造物視作覆車。

　　聲音之道，絲不如竹，竹不如肉，為其漸近自

然。吾謂飲食之道，膾不如肉，肉不如蔬，亦以其
漸近自然也。草衣木食，上古之風，人能疏遠肥
膩，食蔬蕨而甘之，腹中菜園不使羊來踏破，是猶
作羲皇之民，鼓唐虞之腹，與崇尚古玩同一致也。
所怪於世者，棄美名不居，而故異端其說，謂佛法
如是，是則謬矣。吾輯《飲饌》一卷，後肉食而首
蔬菜，一以崇儉，一以復古；至重宰割而惜生命，
又其念茲在茲而不忍或忘者矣。

頤養部
行樂第一

傷哉！造物生人一場，為時不滿百歲。彼夭折之輩無論矣，姑就永年者道之，即使三萬六千日，盡是追歡取樂時，亦非無限光陰，終有報罷之日。況此百年以內，有無數憂愁困苦，疾病顛連，名韁利鎖、驚風駭浪阻人燕遊，使徒有百歲之虛名，並無一歲二歲享生人應有之福之實際乎？又況此百年以內，日日死亡相告，謂先我而生者死矣，後我而生者亦死矣，與我同庚比算，互稱弟兄者又死矣。噫！死是何物？而可知凶不諱，日令不能無死者驚見於目，而怛聞於耳乎！是千古不仁，未有甚於造物者矣。雖然，殆有說焉。不仁者，仁之至也。知我不能無死，而日以死亡相告，是恐我也。恐我者，欲使及時為樂，當視此輩為前車也。康對山構一園亭，其地在北邙山麓，所見無非丘隴。客訊之曰：「日對此景，令人何以為樂？」對山曰：「日對此景，乃令人不敢不樂。」達哉斯言！予嘗以銘座右。茲論養生之法，而以行樂先之；勸人行樂，而以死亡怵之，即祖是意。欲體天地至仁之心，不能不蹈造物不仁之跡。

養生家授受之方，外藉藥石，內憑導引，其藉口頤生而流為放辟邪侈者，則曰「比家」。三者無論邪正，皆術士之言也。予係儒生，並非術士。術士所言者術，儒家所憑者理。《魯論‧鄉黨》一篇，半屬養生之法。予雖不敏，竊附於聖人之徒，不

敢為誕妄不經之言以娛世。有怪此卷以頤養命名而覓一丹方不得者，予以空疏謝之。又有怪予著《飲饌》一篇，而未及烹飪之法，不知醬用幾何，醋用幾何，醯椒香辣用幾何者。予曰：「果若是，是一庖人而已矣，烏足重哉！」人曰：「若是則《食物志》、《尊生牋》、《衛生錄》等書，嘗何以備列此等？」予曰：「是誠庖人之書也。士各明志，人有弗為。」

讀書，最樂之事，而有人常以為苦；清閒，最樂之事，而有人病其寂寞。就樂去苦，避寂寞而享安閒，莫若與高士盤桓，文人講論。何也？「與君一夕語，勝讀十年書。」既受一夕之樂，又省十年之苦，便宜不亦多乎？「因過竹院逢僧話，又得浮生半日閒。」既得半日之閒，又免多時之寂，快樂可勝道乎？善養生者，不可不交有道之士；而有道之士，多有不善談者。有道而善談者，人生希覯，是當時就日招，以備開聾啟瞶之用者也。即云我能揮塵，無假於人，亦須借朋儕起發，豈能若西域之鐘簴，不叩自鳴者哉？

弈棋儘可消閒，似難藉以行樂；彈琴實堪養性，未易執此求歡。以琴必正襟危坐而彈，棋必整槊橫弋以待。百骸盡放之時，何必再期整肅？萬念俱

忘之際，豈宜復較輸贏？常有貴祿榮名付之一擲，而與人圍棋賭勝，不肯以一著相饒者，是與讓千乘之國而爭簞食豆羹者何異哉？故喜彈不若喜聽，善弈不如善觀。人勝而我為之喜，人敗而我不必為之憂，則是常居勝地也，人彈和諧之音而我為之吉，人彈噍殺之音而我不必為之凶，則是長為吉人也。或觀聽之餘，不無技癢，何妨偶一為之，但不寢食其中而莫之或出，則為善彈善弈者耳。

看花聽鳥　　　花、鳥二物，造物生之以媚人者也。既產嬌花嫩蕊以代美人，又病其不能解語，復生群鳥以佐之。此段心機，竟與購覓紅妝，習成歌舞，飲之食之，教之誨之以媚人者，同一周旋之至也。而世人不知，目為蠢然一物，常有奇花過目而莫之睹，鳴禽悅耳而莫之聞者。至其捐資所買之侍妾，色不及花之萬一，聲僅竊鳥之餘緒，然而睹貌即驚，聞歌輒喜，為其貌似花而聲似鳥也。噫！貴似賤真，與葉公之好龍何異？予則不然。每值花柳爭妍之日，飛鳴鬥巧之時，必致謝洪鈞，歸功造物，無飲不奠，有食必陳，若善士信媼之佞佛者。夜則後花而眠，朝則先鳥而起，惟恐一聲一色之偶遺也。及至鶯老花殘，輒怏怏如有所失。是我之一生，可謂不負花鳥；而花鳥得予，亦所稱「一人知己，死可無恨」者乎？

填詞首重音律，而予獨先結構者，以音律有書可考，其理彰明較著。……至於結構二字，則在引商刻羽之先，拈韻抽毫之始。如造物之賦形，當其精血初凝，胞胎未就，先為制定全形，使點血而具五官百骸之勢。倘先無成局，而由頂及踵，逐段滋生，則人之一身，當有無數斷續之痕。而血氣為之中阻矣。工師之建宅亦然：基址初平，間架未立，先籌何處建廳，何方開戶，棟需何木，梁用何材，必俟成局了然，始可揮斤運斧；倘造成一架而後再籌一架，則便於前者不便於後，勢必改而就之，未成先毀，猶之築舍道旁，兼數宅之匠資，不足供一廳一堂之用矣。故作傳奇者，不宜卒急拈毫，袖手於前，始能疾書於後。有奇事，方有奇文，未有命題不佳，而能出其錦心，揚為繡口者也。

立主腦

古人作文一篇，定有一篇之主腦；主腦非他，即作者立言之本意也。傳奇亦然。一本戲中有無數人名，究竟俱屬陪賓；原其初心，止為一人而設。即此一人之身，自始至終，離合悲歡，中具無限情由，無窮關目，究竟俱屬衍文；原其初心，又止為一事而設。此一人一事，即作傳奇之主腦也。然必此一人一事果然奇特，實在可傳而後傳之，則不愧傳奇之目，而其人其事與作者姓名，皆千古矣。

脫窠臼

「人惟求舊，物惟求新。」新也者，天下事物之美稱也。而文章一道，較之他物，尤加倍焉。戞戞乎陳言務去，求新之謂也。至於填詞一道，較之詩賦古文，又加倍焉。非特前人所作，於今為舊，即出我一人之手，今之視昨，亦有間焉。昨已見而今未見也，知未見之為新，即知已見之為舊矣。古人呼劇本為「傳奇」者，因其事甚奇特，未經人見而傳之，是以得名；可見非奇不傳。新即奇之別名也，若此等情節，業已見之戲場，則千人共見，萬人共見，絕無奇矣，焉用傳之？是以填詞之家，務解「傳奇」二字，欲為此劇，先問古今院本中曾有此等情節與否？如其未有，則急急傳之，否則枉費辛勤，徒作效顰之婦。

貴顯淺

曲文之詞采，與詩文之詞采，非但不同，且要判然相反。何也？詩文之詞采貴典雅而賤粗俗，宜蘊藉而忌分明；詞曲不然，話則本之街談巷議，事則取其直說明言。凡讀傳奇而有令人費解，或初閱不見其佳，深思而後得其意之所在者，便非絕妙好詞；不問而知為今曲，非元曲也。元人非不讀書，而所製之曲絕無一毫書本氣，以其有書而不用，非當用而無書也，後人之曲則滿紙皆書矣。元人非不深心，而所填之詞皆覺過於淺近，以其深而出之以淺，非借淺以文其不深也。後人之詞，則心口皆深矣。 ▪

這本書的譜系：歷代與生活品味相關的書
Related Reading
文：張繼瑩

《說郛》
作者：陶宗儀編　朝代：元末

《說郛》體例類似博物學的百科全書，有經史、雜書、考古、博物、山川、風土、蟲魚草木、文學批評等項，把從古至今文人的詩詞歌賦、散文議論放於詞條之下，儼然如一套生活知識與感受的系譜。明代有人根據此書編輯新的《說郛》，後又有《續說郛》，以及精簡後成為新書，如《錦囊小史》、《群芳清玩》等。

《易牙遺意》
作者：韓奕編著　朝代：元末明初

與王賓、王履並稱「吳中三高士」的韓奕，假託春秋時齊國名廚易牙之名所做的食譜。內容包括了醬料的調製、大菜小點以及飲食療法。後有周履靖續之，使其內容更為豐富。

《遵生八牋》
作者：高濂　朝代：明

明代戲曲專家高濂的養生專著。書中除了調設養生以及妙藥調製的秘術以外，也羅列了生活美學的內容，作者主要是認為鑑賞品味，陶冶性情，也是養生相當重要的一環。

《瓶花譜》
作者：張謙德　朝代：明

分類探討了插花時用的瓶子、花朵好壞、裁剪枝芽、保存花朵以及各種不宜的插花禁忌。是明代對於花藝與插花藝術的專門著作。影響了袁宏道《瓶史》的創作。

《瓶史》
作者：袁宏道　朝代：明

為明代文學家袁宏道鑑賞花瓶與插花的著作，並將插花推向美學的哲學思考，使插花成為文人流行的時尚之一。後來《瓶史》翻譯成日文傳入日本，而有宏道流的插花派別。

《味水軒日記》

作者：李日華 朝代：明

本書為明代畫家李日華的個人日記，自萬曆三十七年（1609）開始至萬曆四十四年（1616）止，前後記錄共八年的時間，主要描寫的是明中葉以後浙江嘉興文人對於書畫鑑賞與珍藏的見聞與經歷，並敘及生活上諸多賞玩的經驗。

《陶庵夢憶》

作者：張岱 朝代：明末清初

該書成於明亡（1644）後，主要是張岱追憶亡國前幽雅的生活。書中盡是明代江南民間的生活百態，舉凡食衣住行、娛樂、戲曲、古玩、旅遊都有非常生動的描寫。

《幽夢影》

作者：張潮 朝代：清

書體為格言式的小品文，內容相當有趣，多是作者讀書、生活以及欣賞人生所作的短文。由於為文多對偶而有巧思，如「春風如酒，夏風如茗，秋風如煙，冬風如薑芥」，所以相當受大眾歡迎。

《浮生六記》

作者：沈復 朝代：清

自傳式的散文，其中包括「閨房記樂」、「閒情記趣」和「浪遊記快」等卷。內容以夫妻相處為主軸，貫穿對過去的回憶以及現在的體悟，並且努力營造生活，雖然生活上的各種壓力讓沈復無法實現理想，但真情流露，表現了對短暫歡樂的懷念，以及安適於困頓的心境。

《隨園食單》

作者：袁枚 朝代：清

作者為清代詩人袁枚，由於經常有作客的機會，吃到美味也會向廚師詢問，加上本身興趣，因此記錄甚多南北菜餚，餐宴上的陳酒香茗也多有介紹。在此食單中最特別的算是「戒單」了，袁枚透過飲食的「戒」，告訴後人哪些事情會影響品嚐的心情與味覺。

延伸的書、音樂、影像
Books, Audios & Videos

《閒情偶寄》

作者：李漁

出版社：明文，2002年

《閒情偶寄》為李漁最具代表性的著作之一，內容是關於作者對於文學、美學和藝術創作的理論和經驗的總和。書共分成八個部分，分別對戲曲創作、婦女裝飾打扮、園林建築、家具古玩、飲食烹調、種植花樹、醫療養生等方面提出看法。

《雅舍小品》

作者：梁實秋

出版社：正中書局，2008年

本書為散文作品集，文章的篇幅簡短，內容題材大部分屬於生活上的瑣事，但寫來卻不會平淡無奇，而在小細節中蘊含一些哲理。作家梁實秋以「隨想隨寫」的方式，寫成了這本小品散文，讓人能在短時間內體會他的人生智慧。

《說園》

作者：陳從周

出版社：同濟大學，2007年

書中內容以中、英兩種文字對照，作者對於中國造園的理論、組景、動觀、靜觀、建築栽植等方面，提出個人的獨到見解，使讀者可以更深入了解中國傳統造園藝術。

《如何培養美感》

作者：漢寶德

出版社：聯經，2010年

本書為作者漢寶德「談美」系列著作，如何從生活中學習、培養以及落實美感，由談美的觀念為主，提到培養美感就可以從生活周遭開始；之後再藉由器物，像是燈飾、家具、建築等，以實物說明生活裏蘊藏的美感。

《中國的建築與文化》

作者：漢寶德

出版社：聯經，2004年

以中國建築為主軸，介紹建築是如何反映出中國的文化，像是統治階級展示權力的象徵，或是商人如何追求生活上的逸樂等，這些都能表現在建築的空間架構上。之後再延伸到中西方建築的比較，探討各文化之間的不同所呈現出不一樣的建築風格。

中國園林藝術

www.chiculture.net/0516/html/0516a01.html

介紹中國的園林藝術，包括中國古典園林的基本知識、歷代發展、特色風格，以及中國各地區的園林分布。

蘇州博物館

www.szmuseum.com

蘇州博物館新館選址位於歷史保護街區範圍，緊靠世界文化遺產拙政園和太平天國忠王府。並且由世界知名建築師貝聿銘設計，新館的建築風格融合了傳統的蘇州建築，加上創新的理念及設計方法。

經典3.0
ClassicsNow.net

明朝的生活美學 閒情偶寄

原著：李漁
導讀：漢寶德
2.0繪圖：游峻軒

策畫：郝明義
主編：冼懿穎
美術設計：張士勇
編輯：張瑜珊
圖片編輯：陳怡慈
美術：倪孟慧 戴妙容
邊欄短文寫作：張繼瑩
校對：呂佳真

感謝北京故宮博物院對本書之圖片內容提供特別支持與協助

企畫：網路與書股份有限公司
出版者：大塊文化出版股份有限公司
台北市10550南京東路四段25號11樓
www.locuspublishing.com
讀者服務專線：0800-006689
TEL：886-2-87123898　　FAX：886-2-87123897
郵撥帳號：18955675
戶名：大塊文化出版股份有限公司
法律顧問：全理法律事務所董安丹律師
版權所有　翻印必究

總經銷：大和書報圖書股份有限公司
地址：新北市新莊區五工五路2號
TEL：886-2-8990-2588
FAX：886-2-2290-1658
製版：瑞豐實業股份有限公司
初版一刷：2011年2月
定價：新台幣220元
Printed in Taiwan

明朝的生活美學：閒情偶寄 ／李漁原著；漢
寶德導讀；游峻軒繪圖 -- 初版. -- 臺北市：
大塊文化, 2011.02
　面；　公分. -- (經典 3.0)
　　ISBN　978-986-213-240-1（平裝）

847.2　　　　　　　　　　100000252